기울어진 의자

기울어진 의자

이다루

STOREHOUSE

차례

알바, 돌아가지 않을...

희망연봉 칸을 비웠다. 높은 금액을 쓰자니 건방져 보일 것 같았고 낮은 금액을 쓰자니 우습게 보일 것 같았다. 벌써 18번째 이력서였다. 이제는 손만 갖다 대도 순서대로 키보드가 눌릴 지경이었다.

이력서를 전송하고 방을 나왔다. 한 손으로 머리를 털어내고 얼굴을 쓸어내렸다. 어림짐작으로 엉겨 붙은 지방들을 손끝으로 지압했다.

'괜찮아, 다 잘될 거야.'

19번째 이력서를 쓰는 일 따윈 두 번 다시없을 거라고 각오도 다졌다.

해가 진 하늘에는 푸른 달만 외롭게 떠올라 있었다. 신고 나온 슬리퍼 사이로 발가락을 꼼지락대다가 동그랗게 오므렸다. 밤바람이 제법 묵직하게 늦여름을 밀어내고 있었다.

끼익. 대문 손잡이를 잡고 문을 열었다. 귀를 찌르는 소음이 이내 사방으로 퍼졌다. 아침에는 학교 가는 아이들, 낮에는 집을 나서는 아주머니들, 밤과 새벽에는 아저씨들이 저마다 종일 끼끽대며 요란한 소리를 울려댔다.

땅보다 낮은, 다세대 주택 1층에서 온종일 하루를 지내다 보면 한 번도 조용한 시간을 가질 수 없었다. 한편으론 끼익 대면서 존재감을 알리는 대문이 대견해 보이기도 했다. 제 할 일을 하고 있는 양, 오가는 사람들에게 갈라지는 소리로 인사를 하는 것만 같았기 때문이다.

'그래, 너는 할 일이 있구나.'

얼마 전, 시급이 8590원으로 인상되자 다니던 알바를 잃고 말았다. 누구를 위한 정책인가. 무늬만 무직이던 나는 이제 진짜 백수가 되었다.

몇 분 전까지만 하더라도 슬리퍼를 신고 대문 옆에서 줄담배를 피우는 남자들을 여럿 보았다. 눈빛만으로도 백수의 교감 같은 걸 느꼈다.

'우리만 할 일이 없군요.'

그동안 편의점에서 일하면서 생활비를 충당했는데 이젠 그 마저도 하지 못하게 된 것이다.

내게 해고를 알리던 날, 사장의 표정은 담담했고 또 거만했다. 내게 시간당 8590원 정도는 아닌 것 같다고, 7000원이면 모를까 라고 했다. 내 몸값이 시간당 몇 천 원도 안 된다고 조롱 섞인 눈초리를 보내는 것만 같았다.

나는 딱 7000원짜리 인사를 건네고 편의점 밖으로 나왔다.

"부자 되세요. 구멍가게 사장님. 쥐구멍에도 볕 들 날이 올지는 모르겠지만."

사장은 내 뒤통수를 향해 고래고래 소리를 질렀다. 내가 느끼는 억울함만큼이나 사장도 억울해하는 눈치였다. 순간 짜릿한 쾌감이 가슴팍에서부터 느껴지기 시작했다.

골목은 어둑어둑해지더니 깊게 잠들어갔다. 어둠을 밝히는 가로등 아래에서 남녀 한 쌍이 마주 보고 서 있었다. 뭔가 애틋하고 어쩔 줄 모르는 설렘이 불꽃처럼 타오르기 직전이었다.

나는 그들 옆을 지나가다가 남자의 어깨에 부딪혔다. 사실 살짝 내 어깨를 옆으로 내밀었다. 시샘 때문이었는지 아니면 거리를 막았다고 괜한 경고를 하고 싶어서였는지, 나도 뭐라 자신할 수 없었다. 남자는 자신의 실수로 생각하고 내게 먼저 사과

했다. 나는 그를 흘겨보았다.

"조심 좀 합시다!"

나는 슬리퍼를 질질 끌고 요란스럽게 소음을 냈다.

오래전, 어른들은 어린 내게, 크면 뭐가 되고 싶으냐고 물었다. 나는 어른들이 그저 하라는 대로 했다. 시키는 대로 하다 보니 대학도 갔고 인생에 필요할 것 같지 않은 자격증도 수두룩하게 취득했다.

하루라도 빨리 취업하라고 해서 취업시장에도 뛰어들었다. 그런데 스물여덟 살이 되도록 그 질문에는 답을 찾지 못했다.

'나는 뭐지? 어떤 사람인가?'

나는 이 시간의 바깥바람이 좋았다. 열심히 달리지 않아도 되고, 누구와 어울리지 않아도 되고, 그저 혼자서 게으른 시간을 즐기기에 딱 좋았다. 어둡고 휑한 공간이 나의 내면과 비슷해서 동질감을 느꼈는지도 몰랐다.

언제부터 이 어둠은 나를 쫓아왔을까? 언제부터 나는 어둠과 같아졌을까? 아무것도 되지 못한 어른으로 자란 게 내 잘못일까? 엄마 탓일까? 아님 세상 탓일까? 달리라고 해서 달렸고 멈추라고 해서 멈췄는데, 나는 왜 뭣도 아닌 어른이 된 거지?

그때였다. 걸인이 몇 걸음 되지 않은 곳에서 내게 걸어오고 있었다. 검은 비닐봉지를 한 손에 들고 거적때기를 몇 개나 겹쳐 입은 모습이었다.

고약한 냄새가 풍겼다. 나는 손으로 코를 막았다. 손을 뻗으면 닿을 거리를 지나던 걸인이 순간 걸음을 멈췄다.

그는 고개를 돌려 나를 뚫어지게 쳐다보았다. 온몸에 소름이 돋았다. 침이 혀 안쪽에 고여 목구멍 안으로 넘어가지 않았다. 나는 등을 돌리면서 걸인을 무시하고 애써 먼 곳을 바라보았다.

순간, 쩌렁한 목소리가 어둠을 깼다.

"어이, 김 씨! 오늘 봐둔 데 있어. 딴 데 가지 말고 나 따라와."

놀란 나는 뒷걸음질 치다가 앞을 보고 내달렸다. 푸른 달빛이 길을 안내하는 듯했고, 두 발은 저절로 움직이는 듯했다.

어떻게 얼마나 달렸는지 몰랐다. 발바닥이 쓰라렸다. 나는 멈출 수가 없었다. 나는 계속 달렸다. 푸른 달빛 속으로 몸을 던지고 싶었다. 발등 위로 흙 자국과 핏자국만 선연했다.

껌딱지

2019년 10월 14일, 디지털시계는 07:15를 가리키고 있었다. 협탁 위의 휴대폰이 진동했다. 나는 베개에 얼굴을 파묻고 진동을 무시했다.

진동은 그치지 않았다. 좀 더 길고 강한 진동이었다. 에라, 모르겠다. 이불을 들어 올려 얼굴을 감쌌다. 이불 속은 시간이 멈춘 듯했다. 나는 딱 5분만 참기로 했다.

그새를 참지 못하고 이불을 걷었다. 입김은 뜨거웠고 숨은 헐떡거렸다. 시원한 공기가 절실했다. 다시 휴대폰이 진동했다. 나는 휴대폰을 켰다. 수화기 너머로 익숙한 수미 씨의 목소리가 들렸다.

"지석 씨. 일어나야지. 7시 넘었어. 출근 준비해."

"알았어. 좀만 더 누워 있다가."

"빨리 안 일어나? 저번처럼 지각해서 김 과장한테 한소리 들을 거야?"

내가 잠자리에서 일어나는 사이, 재촉하는 수미 씨 목소리도 귀에서 멀어졌다.

"출장 가서도 모닝콜 해주는 여친이 어디 있어! 고마우면 내일 공항으로 데리러 나와. 출국일이 하루 앞당겨졌거든. 나 지금 완전 신나."

"내일? 알았어. 마중 나갈게."

나는 전화를 끊고 탄식했다. 제기랄.

수미 씨와는 3년 동안 사귀었다. 우리는 사내커플이었다. 나보다 4년 먼저 입사한 그녀는 한 살 연상이었다. 게다가 이제 그녀는 과장으로 승진까지 했다. 그녀는 해외마케팅 부서라서 출장도 잦고 야근도 많았다. 나는 그녀에 비해 늘 제자리만 돌았다. 실적이 좋지 않아 영업팀에서 만년 대리를 면치 못했다.

우리가 연인으로 발전할 수 있었던 건 그녀의 적극적인 구애 때문이었다. 그녀는 일도 사랑도 당당하고 거침없었다.

솔직히 말하면 상사를 내 마음대로 조정하고 싶었던 마음이 컸다. 늘 상사 앞에서 고개만 조아리던 내가 그녀 앞에서만큼은 당당할 수 있었다. 그것만으로도 자존감을 강하게 느꼈다. 하지만 시간이 흐를수록 그녀의 요구는 늘어났다.

그녀는 모닝콜을 빌미로 아침마다 내게 전화를 해서 하루의 계획을 캐물었다. 휴식시간마다 내게 심부름을 시키는가 하면 회사 내 은밀한 장소로 불러내기도 했다. 우리는 회사에서 비밀연애를 하면서 애인 없는 행세를 했다.

그녀는 짜릿함을 즐겼지만 나는 그녀를 이해하기 힘들었다. 그럼에도 그녀의 제안을 거의 받아들였다. 그녀가 퇴근할 때까지 사무실에서 기다리거나 그녀가 회식을 마칠 때까지 대기하다가, 집까지 바래다주곤 했다.

주말이면 나는 그녀의 수족이 되었다. 그녀와 둘만 있는 시간에도 회사에 있는 느낌이었다. 우리의 관계에서 직급은 사라지지 않았다.

그녀의 일주일간의 중국 출장으로 나는 잠시나마 숨통이 트였다. 늦게까지 기다리지 않아도 되었고, 그녀의 부름에 종종걸음으로 움직이지 않아도 되었다.

퇴근 후의 온전한 나만의 시간은 너무나 달콤했다. 그녀 없는 하루하루는 즐겁고 짜릿했다.

오전 11시 인천공항 5번 게이트 앞. 그녀의 문자메세지였다. 그날 아침 나는 커피를 내리고 식빵에 잼을 발랐다. 한 입

두 입, 없어지는 빵이 아쉬웠다.

빵 하나를 꺼내 다시 잼을 발랐다. 마침 토요일이었고 아직 출근하지 않은 지금의 여유가 좋아 소파에 앉았다. 블라인드 사이로 햇살이 들어왔다.

모든 게 완벽한 아침이었다. 나는 트레이닝복을 꺼내 입고 야구 모자를 눌러썼다. 양치질도 귀찮아서 식탁 위에 놓인 껌 하나를 입 안에 우겨넣었다. 상큼한 레몬맛이었다.

문을 열고 밖으로 나와 골목길을 걸으며 풍선을 크게 불었다. 오랜만에 불어서 그랬을까. 풍선이 커지려다가 이내 터졌다. 나는 껌 풍선 만들기를 반복했다.

그때 한 아저씨가 내 어깨를 치고 지나가는 바람에 씹고 있던 껌이 땅에 떨어졌다. 나는 바닥에 떨어진 껌을 찾으려고 허리를 숙였다. 껌은 보이질 않았다. 어디로 떨어졌을까.

다시 걸음을 내딛는 순간, 한쪽 발에서 이물감이 느껴졌다.

뭐지. 나는 발을 들여 올렸다. 씹다가 떨어진 껌이 신발 뒤축 언저리에 붙어 있었다. 땅바닥과 길게 늘어진 다리로 연결된 것만 같았다.

바닥에 비비고 돌려도 껌은 떨어지지 않았다. 더 늘어질 뿐이었다.

나는 손으로 떼어보려고 껌을 두 손가락으로 집었다. 제기

랄, 손끝에도 껌이 찰싹 붙어버렸다. 아직 공항으로 출발하지도 않았지만, 벌써 수미 씨를 만난 기분이었다.

김 대리의 연애

대리석 위에는 황금색 테이블이 놓여 있었다. 나는 그 위에 가방을 올려놓고 허리를 펴고 턱 끝을 당겨 각을 잡고 의자에 앉았다. 첫 출근을 위해 정성껏 다린 흰 블라우스가 구겨질까 등받이에 기대지도 않았다.

나는 서비스 강사 직무를 띠고 첫 출근을 했다. 서비스기획실이라는 타이틀 치고는 사무실은 아담했다. 신생 부서라서 직원은 겨우 4명뿐이었다.

나는 3개월의 수습기간을 거쳐야만 정직원이 될 수 있는 인턴 사원이었다. 하지만 대기업에 다닌 것만 같았다.

내가 입사한 회사는 강남 한복판에 위치한 IT회사였다.

10층짜리 회사 건물이 위치한 지하철 2호선 역세권은 만남의 장소로도 유명한 곳이었다. 맛집과 술집이 즐비하게 들어선 거리는 사람들로 붐볐다.

들리는 얘기로는, 회사 대표는 무일푼으로 시작해서 자수성가하여 강남에 이미 몇 개의 고층 빌딩을 소유한 재력가라고 했다. 그가 세운 건물은 인테리어 소품도 하나같이 휘황찬란했다.

1층 로비는 온통 대리석으로 둘러져 있었다. 황금색 테이블과 예술 작품이라고 해도 좋을 그림들은 보는 이들에게 자본의 왕국 안에 들어온 듯한 느낌을 갖게 했다.

나는 로비에서 직속 상사인 대리를 만나기로 했다. 나의 첫 출근 업무는 대리의 안내를 받아 건물 내부 시설 관련 사항을 숙지하고 직원들과 인사를 나누는 것이었다.

약속했던 9시가 되기 3분 전, 몸은 긴장했고 괜한 헛기침이 나왔다. 그때 정적을 깨는 소리가 들렸다.

나는 고개를 돌렸다. 투명한 유리벽은 눈이 시릴 정도로 빛나고 있었다. 가늘게 뜬 눈으로 까만 실루엣을 응시했다. 키가 컸고 날씬했고, 자태는 도도했다.

대리석 바닥에서 나는 구두 굽 소리는 4분 음표 간격처럼 일정하게 들려왔다. 못해도 구두 굽이 7센티미터 이상은 되어야 만들어낼 수 있는 소리였다.

멋 부리기 좋아하는 사람일 거라 짐작했다. 침을 삼켰다. 구두 굽 소리가 멈췄다.

"정화 씨 맞죠? 반가워요. 저는 김봉이 대리예요. 김 대리라고 부르세요. 제시간에 맞춰 오셨네요. 앞으로 잘해 봐요."

역광 때문에 선명하게 보이지 않았던 그녀의 얼굴을 가까이서 마주했다. 잡티 없는 하얀 피부, 오똑한 콧날, 쌍꺼풀 진동그란 눈이 조화를 이뤘다. 몸에 달라붙은 원피스 사이로 보기 좋은 풍만함이 배어났다.

거기다 앞머리를 내린 미디엄 단발은 확실히 그녀와 어울렸다. 만화에서나 보던 커리어우먼과 닮아 있었다. 옥에 티라면 예쁘고 세련된 그녀에게 어울리지 않은 이름이었다.

김봉이. 자꾸만 웃음이 나왔다. 김 대리는 사교성마저 좋아서 그녀를 대하는 사람들마다 호감을 드러냈다. 인상도 좋고 말투도 상냥하고 표정까지 완벽했다. 김 대리는 나의 상사이지만 여자로서 질투가 날 정도로 멋졌다.

업무가 손에 익숙해질 때 쯤, 김 대리와의 관계도 더 친밀해졌다. 대부분의 업무 지시를 그녀를 통해 받다보니 업무 이외의 많은 이야기도 나누게 되었다.

어느 날 김 대리와 점심을 먹다가 애틋함인지 정의감인지 모를 마음에 내가 먼저 소개팅 이야기를 꺼냈다. 내 남자친구

주위에 솔로가 많다면서 한 사람 소개해 주겠다며 은근히 자랑했다.

밥을 뜨고 있던 그녀는 손을 멈추고 눈을 동그랗게 떴다. 나를 믿고 한번 만나보겠다고 했다. 대답도 도도하게 했다.

나는 남자친구에게 남자 한 명을 소개해달라고 부탁했다. 키도 크고 성격도 원만하면 좋겠다고, 신신당부했다. 곧바로 답장이 오자 김 대리의 번호를 남자친구를 통해서 상대방에게 넘겼다. 둘은 기다리고 있었다는 듯이 서둘러 만남의 날을 잡았다.

소개팅 다음날 아침. 오전 9시 정각이면 구두 굽 소리를 내며 하이 톤으로 인사를 건네던 김 대리는 9시가 훨씬 지났는데도 출근하지 않았다.

소개팅에서 만난 남자는 어떤 사람이었을까. 짜릿한 후일담을 듣고 싶은 마음에 나는 서둘러 출근해 있었다.

김 대리는 그때까지 보이지 않았다. 메신저가 울렸다. 남자친구의 메시지였다.

'대박 사건. 어젯밤에 둘이 불꽃 튀었다던데?'

'뭐? 자세히 말해봐. 여긴 아직 출근 전이야. 감감무소식.'

'와. 내 친구 집이 편했나 보네.'

'무슨 소리야?'

'둘이 만나서 밥 먹고 곧장 내 친구 집으로 갔대. 밤새 같이 있었다던데?'

'뭐???'

그때 인기척이 들렸다. 김 대리의 의자가 뒤로 살살 밀렸다. 김 대리는 구두 굽 소리를 내지 않고 조용히 사무실로 들어왔다.

김 대리는 나와 눈도 마주칠 겨를도 없이 과장의 부름을 받고 다시 사무실을 나갔다. 책상 안으로 반듯하게 들어가야 할 김 대리의 의자가 제자리에서 한참을 빙빙 돌았다. 그러더니 바닥에서 미끄러지기 시작했다.

나는 자리에서 일어나 저만치 밀려난 의자를 잡아 끌었다. 의자 바퀴에 기름칠이라도 한 듯했다. 이리저리 힘이 가는 대로 방향이 틀어졌다. 묵직함이라곤 전혀 느낄 수 없었다.

노인과 지하철

지하철 3호선으로 환승하는 통로는 사람들로 가득 차 있었다. 한 발짝도 앞으로 내딛기가 힘들었다. 오르막이 나왔다. 좀 전엔 에스컬레이터를 이용했지만, 이번엔 계단만 있을 뿐이었다.

계단을 오르려니 다리가 무거워졌고 숨이 가빠졌다. 저마다 걸친 두터운 외투 때문인지 옆 사람과 바짝 붙을 수밖에 없었다.

공간은 비좁았다. 자력으로 올라가는 게 아니라 양옆에 끼어 휩쓸려 올라갔다. 걸음은 느리고 더뎠다. 한 발 오르면 다시 한 발을 내디딜 때까지 기다리는 느낌이었다.

'왜 앞으로 안 나가는 거야.'

앞사람도 나와 같았는지 신경질적으로 옆으로 몸을 비켰다. 그러자 내 키보다 훨씬 작은 할아버지가 서 있었다. 할아버지의 어깨 위로는 단단히 묶인 커다란 짐 꾸러미가 있었다. 할아버지는 제 몸집만 한 짐을 어깨에 메고 다른 한 손으로는 그보다 작은 짐을 들고 있었다.

보기만 해도 숨이 막힐 듯했다. 할아버지가 서 있는 자리만 걸음이 정체되었다. 나는 옆으로 비켜 가려고 발을 내밀었다. 옆자리의 공간도 빽빽했다. 나는 다시 할아버지 뒤에 서서 그의 짐 꾸러기만 바라봤다. 곧 올라가겠지. 계속 저러실까.

할아버지는 한 발 한 발 내딛는 것이 무척 힘겨워 보였다. 갑자기 할아버지가 몇 걸음 떼지 못하고 큰 짐을 어깨에서 내려놓았다. 어깨는 땀에 젖어 있었다. 나는 도와드려서라도 빨리 계단을 올라서 이곳을 벗어나고 싶은 마음뿐이었다.

"할아버지, 짐 이리 주세요."

"괜찮아요."

"그냥 주세요. 제가 들어드릴게요."

나는 할아버지 손에 든 짐 꾸러미로 손을 뻗었다.

"됐다니까."

"아니에요. 주세요."

나는 짐 꾸러기의 매듭을 잡아끌었다. 매듭은 두껍고 컸다.

작은 짐은 보기보다 무거웠다. 저 큰 짐은 얼마나 무거울까. 나는 계단을 빨리 올라가겠다는 조바심을 누르고 할아버지를 곁눈질했다.

나는 할아버지와 같은 속도로 계단을 올랐다. 사람들은 할아버지와 나를 비켜서 휘어진 동선으로 서둘러 빠져나갔다. 나는 자꾸 옆쪽으로 시선이 갔다.

어깨에 맨 짐과 할아버지의 일그러진 얼굴이 눈에 들어왔다. 할아버지의 얼굴 때문에 마음이 불편했다. 짓이겨진 듯한 할아버지의 얼굴에는 깊게 패인 곳마다 물기가 있었다.

땀일까, 눈물일까. 눌러쓴 검은 모자는 할아버지의 흰머리를 모두 가리지 못했다. 할아버지가 거칠게 숨을 내쉴 때면 침이 튀었다.

"할아버지, 어디까지 가세요?"

무거운 짐을 들고 가는 곳은 어딜까.

"불광동에 가."

할아버지는 짧게 대답하고 어깨 위의 짐을 추켜올렸다.

"물건 배달하고 있어."

지하철 택배가 있다는 말을 들은 적이 있었다.

이렇게 큰 짐도 배달이 되는가 싶었다. 더구나 할아버지는 짐을 버틸 만한 연세도 아닌 듯해서 더 의아했다.

"아가씨가 들고 있는 건, 배달비가 팔천 원이야."

이 와중에 할아버지가 옅은 미소를 지었다.

지하철을 타기 전, 친구와 나는 만 오천 원짜리 파스타를 먹고 커피숍에서 오천팔백 원짜리 커피와 디저트로 칠천오백 원짜리 케이크 한 조각을 먹었다. 갑자기 할아버지 앞에서 무안해졌다.

"힘들지 않으세요?"

"괜찮아. 아가씨에겐 짐짝으로 보이겠지만 내겐 보물이야."

보물이라니. 내 눈에는 짐으로밖에 보이지 않았다.

"보석은 아무리 많아도 무겁지 않지."

나는 무슨 뜻인지 이해하지 못했다. 할아버지와 멀어지고 난 후에야 그 말뜻을 알아차렸다.

할아버지에겐 모든 짐이 보석이었을 것이다. 노동의 삶을 받을 수 있는 가치 있는 보석 말이다.

그럴 것이 어깨의 짐을 붙든 할아버지의 손에는 힘줄이 단단히 올라와 있었다. 손등은 쪼글쪼글 주름져 있었고 앙상하게 말라 있었다.

할아버지는 점점 더 거친 숨을 내며 두 계단 위의 평지를 바라봤다.

'다 왔다. 좀 만 더 오르면…'

할아버지는 평지에 짐을 내려놓고 거친 숨을 내쉬었다. 나는 계단 아래를 내려다보았다. 사람들은 많이 줄어들었다. 계단은 옆으로 넓었고 높지도 않았다. 오래도록 빠져나오지 못할 곳이 아니었다.

할아버지는 다시 보물을 이고 보물을 찾으러 떠났다. 가장 무거운 발걸음으로 가장 느리게 사라졌다. 보물을 움켜쥐었던 내 손바닥은 뜨겁게 달궈져 있었다.

열무와 염치

다들 기적이라고 했다. 컴퓨터밖에 모르는 애가 서울 소재 대학에 합격한 사실을 듣고는 모두 감탄했다. 경식이는 사람 간의 대화보다는 컴퓨터와의 대화를 더 잘하는 듯했다.

경식이는 10년간 스스로 컴퓨터 작동 원리를 깨쳐 제법 전문가의 영역을 넘나드는 수준에까지 도달했다. 9살 무렵부터 시작된 경식이의 컴퓨터 사랑은 호기심에 자판을 눌러보면서 시작했다.

탁, 탁, 탁.

튕겨져 나오는 음이 재미있다며 경식이는 며칠 동안 자판 위에 두 손을 올리고 하루 종일 두드려댔다. 그렇게 경식이는 전원버튼을 켜고 컴퓨터의 여러 기능들을 하나씩 탐구하기 시작했다.

독학하며 모든 기능들을 섭렵할 때가 14살이었고, 그해 겨울부터 컴퓨터로 그림을 그리기 시작했다. 17살에는 웹사이트를 만들어 게임을 개발하며 게이머들과 화목한 랜선 관계를 유지했다. 경식이 엄마가 갖고 싶어 하는 명품 가방과 신발을 가족사진에 절묘하게 합성해 보여주기도 했다.

"알파벳 LV가 새겨진 가방을 서치하면서 많이 봤어요. LV가 인기가 많나 봐요. 그리고 이건 CC 가방, 엄마 무릎 위에 올렸어요. 멋지죠? 나중엔 경식이가 진짜 LV 옷이랑 CC 가방 사다 줄게요."

옷감에 새긴 명품 로고가 맘에 들었는지 경식이 엄마는 주변 사람들에게도 그 사진을 보여주며 뿌듯해했다. 경식이의 마음을 헤아릴 때 경식이 엄마는 눈시울을 붉히기도 했다.

경식이가 컴퓨터를 좋아하는 이유는 많았다. 그중에서 첫 번째는 자신을 피하지 않기 때문이었다. 경식이는 자꾸만 자신을 멀리 하는 사람들을 보며 알게 모르게 상처를 받았다. 하지만 컴퓨터는 반응이 애매모호하지 않기 때문에 경식이의 가장 친한 벗이 되었다.

경식이에게 컴퓨터는 자신의 분신과도 같았다. 컴퓨터를

다루는 경식이의 기술은 갈수록 정교해졌다.

경식이가 자폐증을 앓고 있다는 사실을 아는 순간, 사람들은 딱 두 걸음 정도 뒤로 물러서서 경식이와 거리를 두려고 했다. 그게 아니면 알 듯 모를 듯 경식이를 흘겨보거나 놀란 눈을 하면서 자리를 뜨곤 했다. 예민하고 여린 경식이는 그럴 때마다 사람들의 행동을 컴퓨터 언어로 치환하여 생각해보았다.

어느 날 경식이는 자신이 컴퓨터 자판에 새겨진 키와 대화를 한다고 했다. 경식이 엄마는 집 안에서도 아들의 행동에서 눈을 떼지 못했다.

경식이는 캡스록(Caps Lock)키가 소문자를 대문자로 변신시켜주는 일을 한다면서 부모 키라고 불렀다. 경식이에게 부모는 큰 어른으로 성장하는 자신을 위해 늘 노력하는 사람이었다.

경식이의 시프트(Shift)키 설명은 놀라웠다. 경식이는 시프트키를 처음엔 아무리 눌러도 실행되지 않는 볼품없는 키로 여겼다. 그러나 시프트키가 다른 키들의 숨겨진 기능을 돕는다는 것을 알게 된 경식이는 시프트키를 가장 뛰어난 키라고 설명했다.

경식이는 시프트키를 캡스록키만큼 좋아했다. 성큼성큼 앞만 향해 가는 대범한 엔터키보다도 시프트키가 훨씬 좋았다.

경식이 엄마가 김치를 담은 날이었다. 갓 담은 열무가 맛있었다. 5리터용으로 김치를 세 통이나 담았으니 양이 제법 되었다. 경식이 엄마는 지난달에 경식이 생일선물로 티셔츠를 사왔던 호진이 엄마를 떠올렸다. 그녀는 엘리베이터에서 경식이와 마주치면 차갑게 눈길을 돌리곤 했다.

호진이가 킥보드로 경식이를 넘어트린 후로는 경식이를 보는 호진이 엄마의 시선이 약간은 변한 듯했다. 호진이 엄마가 미안한 마음에 선물을 보냈지만 경식이 엄마의 마음은 불편하기만 했다. 잘 익은 열무를 보자 경식이 엄마는 호진이 엄마에게 문자를 보냈다.

그날 오후, 호진이 엄마가 경식이 집을 방문했다. 경식이 엄마가 커피를 내왔다. 호진이 엄마가 재미난 이야기를 들려주겠다며 몸을 숙이며 의자를 당겼다. 형편이 넉넉하지 않은 지인을 소재로 삼아 날이 선 단어들을 하나씩 꺼내기 시작했다.

경식이 엄마는 커피 잔 속의 하얀 김을 불어 날렸다. 탁한 공기를 날리듯 계속해서 입김을 불었다. 경식이 엄마 생각에 호진이 엄마는 세 치 혀로 사람을 곤경에 빠트리는 자와 다를 바 없었다. 그때였다.

"엄마, 엄마."

경식이가 방에서 엄마를 불렀다. 경식이 엄마가 자리에서 일어서기도 전에 경식이가 거실을 향해 성큼성큼 걸어왔다.

"경식이 잘 있었니? 좋아 보이네."

호진이 엄마는 흔들리는 시선을 서둘러 다른 쪽으로 돌렸다. 커피는 바닥이 보일 정도였다. 커피 잔은 따뜻하지 않았다.

식탁 옆에 선 경식이는 호진이 엄마를 보면서 입을 열었다.

"안녕하세요, 아줌마. 제가 좋아 보인다는 건, 아줌마 생각이에요. 근데 저는 지금 기분이 안 좋아요."

"어, 그렇구나."

호진이 엄마가 당황했다. 경식이 엄마가 경식이의 손을 잡았다.

"우리 경식이가 무슨 말을 하고 싶은 걸까?"

경식이가 시선을 고정한 채 입을 뗐다.

"시프트키는 대단한 키예요."

경식이가 당황한 호진이 엄마를 보며 말을 이었다.

"가로 3.5센티미터, 세로 1.5센티미터 네모난 칸 안에 시프트키가 있어요. 자판의 왼쪽에 위치해 있어요. 시프트키는 별 볼일 없는 키가 아니에요."

"그래, 무슨 말을 하고 싶은 거니?"

경식이 엄마는 경식이 손을 잡았다. 경식이를 진정시키려는 듯했다. 경식이가 입을 열었다.

"시프트키를 누르고 숫자 5를 누르면 %로 바뀌고요. 시프트키를 누르고 4를 누르면 달러표시가 되요. 시프트키를 누르고 6을 두 번 누르면 웃음 표시가 만들어져요. 시프트키는 다른 키의 기능을 도와줘요. 훌륭한 키란 말이에요."

"아, 시프트가 그렇게 대단한 키인 줄 몰랐네."

경식이 엄마는 경식이의 등을 다독거리면서 고개를 끄덕였다.

호진이 엄마가 옷매무새를 정리하면서 식탁 위에 놓인 열무김치 통을 들었다.

"이제 밥하러 가야겠다. 열무김치 가지러 왔는데, 별말을 다 했네. 잘 먹을게, 언니."

호진이 엄마는 슬리퍼를 신자마자 문을 열고 바람처럼 경식이네를 빠져나갔다. 문이 닫히고 경식이 엄마는 혀를 찼다.

"염치는 있네."

경식이는 엄마 뒤에 서 있었다. 그날 경식이는 잠이 들 때까지 엄마의 말을 계속 중얼댔다.

"염치는 있네. 쯧쯧."

"염치는 있네. 쯧쯧."

건넌방에서 누워 있는 경식이 엄마는 웃음을 참지 못했다. 엄마가 아들을 달랬다.

"아들! 그만하고 자야지."

"예, 엄마. 저도 염치는 있어요."

기울어진 의자

나는 아이 문제만큼은 주저하거나 빨리 포기했다. 아이를 훈육하더라도 이게 아닌가 하는 불안감을 떨치지 못했다. 엄마가 되어서도 남편의 말에 의지할 때가 훨씬 많았다. 아이의 교육도 그러했고, 가전제품 하나를 사더라도 남편의 의견을 따랐다.

처음부터 남편에게 의존하며 살림을 꾸려온 건 아니었다. 직장을 그만두고 아이를 키우면서부터 사회에서 도태되자 고립감도 커져만 갔다.

집이라는 울타리 안에서만 움직이다 보니 머릿속 사고도 딱 집 크기에 갇힌 듯했다. 사회생활을 하는 남편을 통해 그나마 세상을 엿볼 수 있었다. 그것만이 내겐 세상과의 유일한 소통창구였다.

시시각각 변하는 세상의 흐름과 유행은 내겐 딴 세상 이야기였다. 급변하는 세파에 발을 내딛는 게 막막했다. 그래서 남루한 내 모습에 비해 매일 정장을 차려입고 밖을 나서는 남편이 부러울 때가 많았다. 사회의 부름이 있고 역할이 주어진 커리어우먼 수정이를 마주할 때에도 그런 남편을 바라보듯 했다.

"아이 다 키웠잖아, 다시 일 좀 시작해보는 건 어때?"

결혼 전 직장 동료였던 수정이는 만날 때마다 내 마음을 흔들어 놓았다. 그녀는 나와 함께 중소기업의 비서직으로 입사했다.

우리는 1년 계약직 사원이었다. 서로 다른 지위의 임원을 배정받았지만 같은 사무실에서 근무했다. 중복되는 업무도 많아서 서로의 역할을 대신하면서 친분을 굳게 다졌다. 우리는 연애사와 가족사는 기본이고 개인적인 비밀까지 공유할 정도로 가족처럼 지냈다.

수정이는 내가 예민해져 있을 때마다 견과류가 잔뜩 든 초코바나 미니초콜릿을 책상 위에 올려놓곤 했다. 그리곤 노란 메모지에, 귀여운 필체로 글을 적어놓았다.

'마이 찐~, 이거 먹고 힘내♡'

세심하고 꼼꼼한 수정이는 나와는 성격이 많이 달랐다. 아기자기한 선물을 불시에 받는 날이면 나는 고마워서 커피를 사거나 점심을 샀다. 먼저 관심을 내비치고 배려를 하는 건 수정이었고, 나는 그런 마음에 답례를 표현하는 식이었다. 우리는 같은 일을 해도 추구하는 목표가 달랐다.

수정이는 입사하자마자 더 큰 회사로의 이직을 꿈꿨다. 적성에 맞는 일을 계속 하고 싶다며 계약직보다 더 나은 기회를 엿봤다. 그녀는 틈틈이 인터넷 구직사이트에 이력서를 보냈다.

나는 수정이와 달리 비서라는 직업이 적성에 맞지 않았다. 그래서 결혼을 꿈꾸면서 첫 직장이 마지막 직장이 되길 간절히 바랐다.

이직의 기회를 노리던 수정이와 달리 나는 주말마다 소개팅 스케줄을 빽빽하게 잡았다. 우리는 그렇게 서로 다른 삶의 태도를 유지하면서 1년을 함께했다.

'찐~, 어제는 어땠어? 이번에도 애프터는 없는 거야?'

월요일 아침, 컴퓨터를 켜자마자 옆에 앉아 있는 수정이의 메시지가 떴다. 나는 웃음을 참고 따뜻한 아메리카노를 한 모금 마시고서 자판을 두드렸다.

'음... 그럭저럭 ㅋㅋ'

'꺅!!!'

느낌표로 가득한 수정이의 메시지가 화면을 채웠다. 나는 석 달 동안 주말마다 남자들을 소개팅으로 만났다. 애프터가 이루어진 소개팅은 단 한 번도 없었고 괜찮은 평가를 내릴 만한 남자도 만나지 못했다.

그런데 지난 주말에 만났던 남자는 지금껏 만난 남자와는 느낌이 달랐다. 마음에 쏙 든 것은 아니었지만 한 번 더 만나서 대화를 나누고 싶었다.

수정이는 처음으로 긍정적인 반응이 섞인 나의 메시지를 보고는 자기 일처럼 흥분했다. 설레발까지 치면서 이번엔 느낌이 좋다며 팡파르를 부는 이모티콘을 마구 보내왔다. 운이 좋게도 회사의 임원들이 출장을 떠났던 터라 우리는 조용한 사무실에서 오전 업무를 평소보다 서둘러 마쳤다.

점심시간이 되려면 한 시간이나 남았지만 카디건을 의자에 걸쳐놓고 눈치껏 회사를 빠져나왔다. 회사에서 조금 떨어진 초밥 집에서 수정이와 느긋한 점심을 먹기 위해서였다.

먹음직스런 초밥을 입에 한 가득 넣고서 못 다한 대화를 나누었다. 소개팅을 했던 장소, 먹었던 음식, 소개팅을 한 남자와 나눴던 대화들을 하나도 빠짐없이 수정이에게 말했다.

그런 세세한 부분까지 기억하는 내 능력이 놀라왔다. 수정이는 내 이야기를 듣고 있는 내내 느낌이 좋다며 발을 동동 굴렀다.

세트메뉴로 시킨 10피스의 초밥 한 판이 거의 밑을 보이고 있을 때쯤 나는 수정이에게 그동안 마음 졸이게 기다렸던 이직할 회사의 면접 결과를 물어보았다.

수정이는 대수롭지 않은 듯 불합격 통지 문자를 펼쳐보였다. 적잖게 들었던 수정이의 불합격 소식이 그날따라 더욱 잔인하게만 느껴졌다.

회사에 소속되어 지내는 시간은 빠르게 흘렀다. 우리는 예정된 계약기간이 끝나는 날에도 가벼운 발걸음으로 출근했다. 간밤에 하지 못한 각자의 이야기들을 평소와 다름없이 쏟아냈다.

마지막 출근은 외려 평화롭고 아쉬움도 없었다. 수정이는 중견 기업의 비서실에 입사할 예정이었고 나는 괜찮은 느낌을 받았던 소개팅 상대와 본격적인 연애에 들어갔기 때문이었다. 우리는 계약 종료와 함께 한 치의 오차 없이 목표 달성을 완벽하게 이룬 셈이었다.

퇴근 후 회사 앞 맥주 집에서 우리는 서로의 장밋빛 미래를 축하하며 축포를 들기로 했다. 그곳은 일주일에 한 번은 함께 와서 회사일로 울고 웃던 추억이 깃든 장소였다.

종무식을 마친 우리는 회사 앞 횡단보도를 건넜다. 골목길로 들어서면 가장 먼저 노란 간판에 커다란 창문이 나 있는 맥주집이 보였다. 우리가 즐겨 찾던 집은 그 옆집이었다.

푸른색으로 칠해진 작은 쪽문이 나 있는 열 평쯤 되는 맥주 집은 간판 하나 없이 외벽에 맥주라는 글자만 적혀 있었다. 신기하게도 그 집의 맥주 맛은 노란 간판집의 맥주보다 끝 맛이 부드럽고 청량감이 훨씬 강했다.

우리는 푸른 쪽문을 열고 늘 앉았던 구석진 자리 쪽으로 향했다. 누렇고 안이 뻥 뚫린 마카로니가 기본안주로 먼저 나왔다. 안주를 먹다 보면 주인이 맥주를 가져다주었다.

맥주의 흰 거품이 흘러내릴까 봐 우리는 잔에 빠르게 입을 가져다댔다. 그날따라 맥주는 생각보다 시원하지 않았다. 대화를 하면서 한 잔을 다 마시고서 두 번째 잔을 주문했다. 두 번째 잔도 이가 시릴 정도로 시원하지는 않았다.

맥주의 온도가 아쉬운지 잔의 손잡이만 만지작거렸다. 줄어들지 않는 맥주에 어느 순간 기포가 사라지자 나는 테이블 끝으로 잔을 밀어냈다. 그리곤 테이블 위에 듬뿍 쌓인 마카로니만 집어 먹었다.

나는 수정이를 만나기 위해 이른 아침부터 부산을 떨었다.

간만에 화장을 하고 드라이도 하고 아이를 스쿨버스 정류장에 데려다주었다. 화장한 내 얼굴을 본 아이가 미소를 지었다.

"엄마, 내일 아침에도 이렇게 예쁘게 하고 나오면 안 돼요?"

"예쁘게 봐줘서 고맙긴 한데, 잘 보일 사람이 누가 있겠니."

"왜요, 많죠. 나도 있고 아빠도 있고 내 친구들도 있고 모두한테 잘 보이면 되죠. 당연히 엄마한테도 잘 보이면 좋잖아요."

웃어넘겼지만 아이의 말은 사실이었다. 나는 아침마다 힘들게 잠에서 깨어나 비몽사몽간에 아침밥을 준비했다. 등교하는 아이를 도왔고 급하게 버스 시간에 맞춰 집을 나섰다.

내 모습을 거울로 마주할 겨를이 없었다. 대충 두른 옷차림이나 짝짝이 신발, 그리고 헝클어진 머리와 눈곱이 붙은 얼굴을, 아파트 엘리베이터 안 거울에서 확인하는 게 대부분이었다.

어느 날은 처량해서 한숨이 나왔고 또 어느 날은 인정하기 싫어서 외면했다. 스쿨버스 정류장에서 나는 아이들을 같은 학교에 보내는 엄마들과 마주치기라도 할까 봐 맨 뒤쪽으로 물러나 있었다. 그리곤 고개를 숙여 얼굴을 드러내지 않으려고 했다.

나는 스쿨버스를 보내고서 약속 장소로 향했다. 내가 아이를 키우며 전업맘으로 지내는 동안 수정이는 비서실 팀장으로 승진했다. 서로 다른 길을 걷고 있는 우리는 서너 달에 한 번은 만나 점심을 함께했다. 만나는 장소는 주로 수정이 회사 근처의 식당이나 커피숍이었다.

강남역 사거리를 횡단하며 수정이의 회사로 향할 때는 마음이 늘 설렜다. 수정이는 그런 내게 미안해했지만 나는 덕분에 콧바람을 쐴 수 있어서 고맙다고 했다.

수정이는 사원증을 목에 두르고 있었다. 그녀는 한 손엔 휴대폰 다른 손엔 지갑을 들고서 구두 굽 소리를 내며 내게 다가왔다. 갈수록 수정이의 화장은 짙어졌고 네일은 점점 화려한 색상의 장식들로 채워져 갔다.

그날따라 수정이의 양손이 더욱 빛나보였다. 그에 반해 아무 관리도 받지 못한 내 손톱은 푸석했고 초라해보였다. 수정이는 거칠어진 내 손을 잡으며 애교 섞인 인사를 건네곤 카운터로 갔다.

수정이가 머그잔에 가득 담긴 카페라떼와 바닐라라떼 두 잔을 테이블로 가져왔다. 나는 카페라떼를, 수정이는 바닐라라떼를 마셨다. 변하는 것들이 많았지만 우리의 취향은 변치 않고 그대로였다.

사내결혼을 해서 우리 집 아이와 동갑내기 딸을 키우는 수정이에게 내가 근황을 물었다. 순간 수정이가 머뭇거렸다. 나는 예상치 못한 대답을 들을까 봐 긴장했다.

"울 신랑 저번 달에 육아휴직 냈어. 내가 버는 게 좀 더 많으니까 어쩔 수가 없더라. 신랑이 양보한 거지, 뭐."

같은 회사에서 기획팀 대리로 근무하던 수정이의 남편은 회식과 출장이 잦았다. 그런 남편을 못마땅하게 여긴 수정이는 케어해 주지 못한 딸에게는 늘 미안한 마음을 품고 살았다.

수정이는 딸이 초등학교에 입학할 무렵부터 준비물 준비, 각종 모임, 학교생활 적응 등 부모의 역할을 제대로 해주리라 마음먹었다고 했다. 그러기 위해서 누군가는 집에서 뒷바라지를 해줘야 했기에 그녀의 육아휴직도 진지하게 고민했었다.

수정이는 일에 대한 열정이 남달랐다. 자신의 분야에서 최고가 되고 싶다는 욕망 하나로 출산하기 하루 전까지도 뒤뚱대며 출근을 했다. 그리곤 출산하자마자 3주 만에 회사로 복귀했다.

부어있는 수정이의 산후 상태를 확인한 사무실의 동료들은 그녀를 때로는 안쓰러운 시선으로 때로는 매서운 눈으로 바라보았다고 했다. 그렇게 수정이는 이를 악물며 자신의 자리를 지켜냈다.

"두 사람이 벌다가 한 사람만 버니까, 왜 이렇게 생활하는 게 힘드니? 사람 마음이 참 간사한 게, 남편이 일할 때는 아이 좀 봐줬으면 좋겠다고 생각했는데, 집에서 쉬고 있으니깐 다시

돈 벌어왔으면 좋겠는 거 있지?"

"우리 남편도 그런가 봐. 요 며칠 나를 바라보는 시선이나 말투가 예전 같지 않더라."

"그건 아닐 거야. 엄마가 집안 돌보고 아이 키우고 뒷바라지하는데 설마 남편이 그렇게 생각할까. 그런 자격지심은 버려."

"아이를 키우는 건 힘든 만큼 위대한 일이 분명한데 왜 쓸데없는 자격지심만 생기는지 모르겠어."

남편에게도 못 다 한 말을 수정이에게 쏟아냈다. 이상하게도 자격지심을 느끼고 있다는 사실을 남편에게는 들키기 싫었다.

그렇게 꽁꽁 묵혀둔 감정은 썩은 냄새가 진동하는 생각들만 만들어냈다. 수정이가 잔을 테이블 위에 내려놓으며 내 앞으로 몸을 기울였다.

"미진아. 그렇게 생각하지 마."

그녀는 진지해지면 나를 이름으로 불러주곤 했다. 그럴 때에는 그녀의 진심을 느낄 수 있었다.

"이제 아이 다 키웠잖아. 다시 일 좀 시작해보는 건 어때?"

수정이에겐 엄마의 삶만큼이나 직장인 팀장으로서의 삶도 가치 있는 것이었다. 전업맘의 삶은 생각해본 적이 없는 그녀는 아이만 바라보는 나를 제대로 이해하는 것 같지 않았다. 그래서인지 수정이는 나를 만날 때마다 내게 사회생활을 하라고 강권했다.

나는 그녀처럼 내세울 만한 커리어도 없었고 특별히 잘하는 기술도 없었다. 일하고 싶다고 사회에 발을 디딘들 나를 받아줄 만한 곳을 찾기도 쉽지 않았다. 그런 내 마음을 아는지 모르는지 마냥 강권하는 수정이가 얄밉기도 했다. 나는 서글퍼졌다.

"야! 맥 빠진 사람처럼 기운 없어 보이는 거, 정말 밉상이야. 나는 네가 행복하면 좋겠어. 정말이야."

수정이가 내 기분을 알아챈 듯했다. 덕분에 삐딱했던 마음은 제자리를 찾았다.

나는 화제를 바꾸고 싶었다. 수정이에게 근황을 물었다. 딸아이의 학교생활을 물었고 그녀의 회사생활도 궁금했다. 풀리지 않은 숙제 같은 내 역할이 신경 쓰였지만 애써 무심한 듯 대화를 이어갔다.

커피를 다 마실 때쯤 수정이의 휴대폰이 진동했다. 수정이가 몸을 옆으로 돌리고 나지막한 소리로 통화했다. 수화기 너머로 낯익은 목소리가 흘러들어왔다. 딸이었다. 격앙된 목소리였다. 수정이는 몸을 더 숙였다.

"엄마는 일하니까 어쩔 수 없잖아. 네가 이해해야지."

"엄마가 바빠서 그래. 미안해. 대신 아빠가 가실 거야."

"전화 끊어. 엄마 일해야 돼."

수정이가 딸과의 전화를 끊고 남편에게 전화했다. 예정된 일정이었던 학부모 모임 참석을 강조하기 위해서였다.

수정이는 남편에게 집안 상황을 물은 다음에, 재활용 쓰레기를 버리는 일까지 점검했다. 이어서 사야 할 식자재를 하나씩 읊었다. 그 모습은 직장상사가 부하 직원에게 일일업무를 지시하는 것과 다르지 않았다. 게다가 수정이는 남편의 게으름을 나무랐고 어설픔을 지적하기도 했다. 그럴 때마다 전화기 저 편에서 한숨이 들리는 듯했다.

전화를 끊자마자 다시 수정이의 휴대폰이 격렬하게 진동했다. 상사의 전화였다. 수정이는 몸을 돌려 전화를 받으면서 고개를 숙이고 업무 지시를 받았다. 앞으로 더욱 신경 쓰겠다는 다짐을 하면서 전화를 끝냈다.

수정이는 한숨을 크게 쉬고는 내게 미안하다며 어쩔 줄 몰라 했다. 나는 그녀를 안심시켰다. 나는 회사로 급하게 뛰어가는 수정이를 바라봤다.

마음이 급했던 수정이는 출입구 앞에서 한쪽 구두가 벗겨졌다. 깡충 걸음을 하고 신발을 찾아 신은 수정이가 건물 안으로 들어갔다.

수정이가 앉았던 의자는 한쪽으로 기울어져 있었다. 의자를 지탱하는 네 개의 다리 중에서 두 군데나 빠져 있었다. 나는 기울어진 쪽을 손으로 들어 올려서 수평을 맞췄다. 내가 손을 떼자마자 의자는 다시 한쪽으로 기울어졌다.

Alone

쿵, 쿵.

어디선가 발자국 소리가 점점 커져왔다. 집중해서 들으면 그 소리는 나를 향해 다가오는 듯했다. 아침기상이 또 이렇게 기괴하게 시작된 건, 그날만이 아니었다. 세 달 전부터 나의 생활 패턴은 계속 이러했으니 그들의 눈에 나는 낯선 존재였다.

나는 그해 스무 살이 되었다. 성년의 날을 갓 넘긴 나는 어설피 어른흉내를 내지 않아도 되는 진짜 어른이 되었다.

그날도 다른 날과 마찬가지로 나는 느긋하게 잠에서 깨어나 시계를 보았다. 오후 12시 14분이었다.

반갑지 않은 햇빛이 커튼 사이로 부대끼고 있는 걸 보니 하루를 견뎌내야 할 시간이 적잖이 줄어버린 것 같은 느낌이었다.

그날 밤도 도망가는 밤하늘의 별을 잡고 놓지 말자며 머릿속에 새겼다. 밖에서는 또 한바탕 소란이었다. 방문을 두드리는 소리에 신경이 쓰였다. 나는 한 발자국도 방에서 벗어나기 싫었다. 머리털 하나도 바깥 공기 틈에 내비치기가 싫었다.

"제발, 들어오지 말라고. 모른 척 하라고, 나는 없는 사람이라고! 몇 번을 말해야 알아들어!"

하지만 문이 거세게 흔들렸다.

"언제까지 이렇게 살 거야? 나와서 얘기하자. 큰딸."

엄마의 울먹이는 음성이 문틈 사이로 들렸다.

"왜 이러는지 이유라도 알자고, 일단 나와서 얼굴이라도 보며 얘기 좀 하자."

"가라고, 제발."

나는 소리를 지르고 다시 이불을 뒤집어썼다. 동생의 음성이 노크 소리와 함께 퍼졌다.

"언니, 오늘 생일이잖아. 언니가 제일 좋아하는 마트 옆 빵집에서 치즈 케이크 사왔단 말야. 문 열고 나와서 우리 같이 초 불자."

동생의 말이 끝나기가 무섭게 가슴 한가운데가 뻐근했다. 방문을 잠근 때가 뜨거운 열기로 가득 할 때였는데, 벌써 12월이라니. 나만 홀로 시간을 건너뛴 것만 같았다. 전혀 달갑지 않은 기분이었다.

이내 진한 풍미의 치즈 케이크 향이 방안으로 스며들었다. 케이크가 아른거렸다. 허기가 지자 손을 뻗어 창문을 열었다. 쌀쌀한 바람이 살갗을 스쳤다.

땅 위로는 눈발이 꽃잎처럼 흩날렸다. 한 폭의 그림과 같았다. 고립된 공간에서 스스로를 가둔 감옥 같은 삶은 반짝 내리다가 사라지는 눈발보다도 확실히 비극적이었다.

한창 창가를 기웃거렸다. 어깨에 에코 백을 메고 한손에는 책을 든 여학생이 눈에 띄었다. 걸을 때마다 찰랑거리는 머릿결과 핑크빛 메이크업이 정오의 햇살을 받아 빛났다. 딱 내 나이만큼의 싱그러운 기운이 넘쳐흐르는 모습이었다. 그녀가 시야에서 사라진 후에도 나는 한참 동안 그녀가 있던 쪽에서 시선을 떼지 못했다.

냉기가 느껴지자 창문을 닫았다. 창가에 비친 흐릿한 내 실루엣이 볼썽사나워 시선을 돌리고 말았다.

음악이라도 들으려고 책상 서랍장을 열었다. 뭔가에 걸린 듯했다. 서랍이 열리지 않자 손잡이를 잡고 흔들었다.

서랍 안에는 누리끼리한 편지 봉투들이 가득했다. 맨 위에 놓인 봉투를 집어 들었다. 안에 들어 있던 편지는 엄마의 글씨로 채워져 있었다.

　홀로 된 엄마는 이따금씩 장문의 편지를 써서 내 책상 위에 올려놓곤 했다. 흰 봉투를 열면, 좋은 환경을 마련해주지 못해서 미안하다는 내용과 책임지고 살피겠다는 내용도 적혀 있었다. 오래전, 집안은 날마다 전쟁터였다.

　어느 날부턴가 부모님과의 관계가 팽팽하지도 느슨하지도 않게 되자 우리 집에 비로소 평화가 찾아왔다. 하지만 우리 가족은 냉정하게 분리됐다.

　그때마다 엄마의 편지는 내 마음을 따뜻하게 덥히는 유일한 표징이었다. 마치 부적이라도 다루듯, 나는 엄마의 편지를 곱게 접어 책상 서랍에 차곡차곡 쌓아두기 시작했다. 그렇게 시간과 함께한 망각 속에서 편지의 존재는 잊혀만 갔다.

　편지 봉투 사이를 헤집고 둘둘 감긴 MP3플레이어를 찾아서 이불 속에서 귀에 이어폰을 꽂고 볼륨을 높였다. 그날따라 음악은 왜 그리 슬픈지 눈물이 그치지 않았다.

　구슬픈 음악이 귓속으로 흘러 들어오는 내내 나는 손에 쥔 엄마의 편지를 펼쳤다가 접기를 반복했다. 묵혔던 말들은 턱까지 차올랐다가 곧 가라앉았다.

　어디서부터 어떻게 시작해야, 어긋나버린 관계와 시간을 다시 맞출 수 있을까. 방법이 떠오르지 않았다. 혼자만의 생각은 끝없는 미로에 갇힌 채 갈 길을 잃었다.

방문을 걸어 잠그기 전, 그해 여름 나는 고삐 풀린 망아지처럼 방해받지 않는 자유를 누리며 위태로운 나날을 보냈다.

친구들과 어울려 술맛을 알았고, 허물어진 자존감의 깊이만큼 그 횟수와 농도는 잦고 진해졌다. 흩날리는 바람에 몸을 맡기듯 이성을 만나기도 했다. 얕은 관계만 있을 뿐이었다.

그해 여름밤, 나는 어설프게 흉내 낸 어른살이에 마침표를 찍고서 방문을 걸어 잠갔다. 땀인지 눈물인지 모를 뜨거운 수분을 쏟아내고는 캄캄한 밤을 맞았다. 그 후로 내 방은 동이 트더라도 한동안 어둠이 계속되었다.

평범함을 추구하던 나는 그저 남들과 비슷하게 또는 조금은 이질적이어도 눈에 띄지 않게 사는 것이 잘사는 길이라고 생각했다.

모두가 가는 방향이 곧 나의 방향이고 모두가 원하는 목표가 곧 나의 목표였다. 내겐 그게 성공이었다.

그러나 부모의 이혼 때문에 평범함에 금이 가기 시작했다. 대입까지 실패하자 메마른 땅에 지진이 난 것처럼 내 일상에 금이 갔다. 평범한 무리 속에서 처참하게 떨어져 나오는 기분이었다. 그것은 곧 실패를 의미했다.

나를 찾아가는 시간은 느리고 길게 느껴질 뿐이었다. 한 번도 나를 들여다본 적이 없었기에 나라는 실체를 똑바로 마주하는 일은 생각보다 잔인하게 느껴졌다. 남들과 비슷하다고만 생각했던 나의 내면은 너무 달라서 이질감이 들기도 했다.

그렇게 몇 개월 동안 어두운 방안에서 적나라하게 스스로를 대면했다. 점차 행동의 결이 달라지기 시작했다. 도리어 내가 좇던 방향을 일찍 잃어버려서 다행이라는 생각이 들었다. 내가 가야 할 방향을 찾은 듯했다.

'바바리' 이야기

"무궁화 꽃이 피었습니다."

나는 술래 앞에 다가가서 새끼손가락에 잡힌 포로의 손을 내리쳤다. 아군에게 자유를 부여한 나는 쏜살같이 흙길을 내달렸다. 얼마쯤 뛰었을까. 뭉뚝 솟은 돌에 왼발이 걸려서 넘어졌다.

나는 지나온 길을 뒤돌아보았다. 흙에 긁힌 곳이 따끔거렸지만 곧 일어나서 걸었다.

"참 예쁘게 생겼네."

맞은편에서 모자를 쓴 중년 남자가 걸어왔다. 그는 주름진 연한 회색 면바지에 광이 나는 밤색 구두를 신고 있었다. 나는 숨이 차서 헐떡거렸지만 예쁘다는 말에 기분이 좋았다.

"감사합니다. 아저씨."

그가 내 앞으로 가까이 다가오더니, 아이스크림이 먹고 싶으냐고 물었다. 그의 바지 호주머니에서 동전소리가 났다.

아이스크림을 좋아했던 나는 고민할 새도 없이 그의 뒤를 따랐다.

그는 편평한 길을 놔두고 우거진 수풀 사이로 들어갔다.

잔가지들이 내 팔과 다리를 스쳤다.

"아저씨, 여기 슈퍼 가는 길 아닌데요. 슈퍼는 저쪽으로 가야 되는데요."

그는 잠깐만 쉬자며 나를 달랬다.

불어오는 바람에 머리칼이 날렸다. 해 질 녘 노을은 붉었다. 이맘때는 집에 들어가야만 했다.

"집에 가야 해요. 아이스크림은 다음에 사 주세요."

그는 웃었다. 얼굴에 번진 그의 미소는 어색해보였다. 생각해보면, 스릴러 영화에 나오는 악당이 나쁜 짓을 하기 전에 지어보이는 웃음과 닮아 있었다.

갑자기 그가 바짓가랑이를 매만지더니 바지 지퍼를 확 내렸다. 그는 눈 깜짝할 새 지퍼 안으로 손을 넣으며 말끝을 흐렸다.

"아저씨가 약속은 지켜야지. 아이스크림 맛 좀 보여줄까."

촉이란 이럴 때 쓰는 표현일까. 당시 내가 아무리 어렸어도 그가 말한 것이 아이스크림이 아니란 것쯤은 확실히 알 수 있었다.

"그건 아이스크림이 아니야! 거짓말쟁이!"

나는 소리를 지르고서 잽싸게 뛰었다. 엄마, 아빠, 지혜야, 성호야. 온갖 이름을 부르면서 흙길인지 풀숲인지 모를 길을 내달렸다. 좀 전에 술래의 새끼손가락을 쳤던 속도는 비교도 안 됐다.

등 뒤에 술래가 있을 때만큼 긴장할 때도 없었다. 뒤돌아보지 않으면 잡히지 않을 것만 같았다. 그렇게 믿고 싶었다.

절대 붙잡히지 않겠다고 필사적으로 몸부림을 치며 달려서 마을 입구에 들어섰다. 그제야 뒤를 돌아봤다. 푸르스름한 달빛만 흙길 위로 쏟아지고 있었다.

8살의 기억은 그날 이후로 개울의 징검다리의 받침돌처럼 드문드문 반복해서 현실로 나타났다. 14살의 여름날에는 골목길에서 마주친 바바리맨이 양 손에 바바리 옷자락을 잡고 활짝 펼치며 성기를 적나라하게 늘어뜨렸다.

18살에 만난 바바리맨은 평범해 보이기까지 했다. 하굣길에서 마주친 바바리맨을 보자 함께 있던 친구들은 비명을 지르며 도망갔다.

친구들과 달리 나는 바바리맨을 전에 본 적이 있어서 그랬는지, 감정조절도 할 수 있었다. 내가 혼자 태연히 서 있자 바바리맨은 기분이 좋아졌는지 한손에 쥔 것을 연신 흔들어댔다. 그는 휘파람까지 불면서 좋아했다. 나는 초점 잃은 그의 눈과 아랫도리를 흘겨보며 나지막이 말했다.

"되게 작네."

내 말이 끝나자마자 바바라맨은 쥐고 있던 것을 손에서 놓았다. 그는 밑을 뚫어져라 바라보면서 중얼거렸다.

등 뒤에서 경비 아저씨가 불어대는 호루라기 소리가 커지기 시작했다. 바바리맨이 몸을 숙였다. 그는 표정이 일그러지면서도 중얼거림은 멈추지 않았다.

나는 그가 있는 곳으로 세 걸음쯤 걸어갔다. 그가 중얼거리는 소리가 분명히 들렸다.

"아니야. 작지 않아."

적어도 바바리맨은 내말을 듣고 스스로 돌아보기라도 했다. 나와 바바리맨은 서로 다른, 각자의 생각을 저울질하고 있었다. 바바리맨은 사람들에게 양팔이 붙잡혀 질질 끌려가면서도, 그랬다. 하지만 주언이 엄마는 달랐다.

"너희 집 앞으로 지나갈 참인데, 한번 보고 가야겠다."

오랫동안 친하게 지내는 언니가 문득 전화를 걸어왔다. 막역한 사이여서 그럴까. 어떤 만남은 약속을 미리 잡지 않아도 마음이 편했다. 나는 전화를 받고 곧장 언니를 보러 나갔다.

내가 사는 동네에 새로 생긴 브런치 가게가 문전성시라는 소문이 났다. 혼자 가게에 들르는 게 어색했다. 그렇다고 친하지도 않은 엄마들과 맛있는 음식을 함께 먹는 자리라면, 뒷목이 뻣뻣해지는 기분이었다. 그러다 보니 동네에서 유명한 브런치 카페에 갈 기회도 없던 것이다.

다행히 언니와 이렇게라도 가게 되니 신이 났다. 십 년이 넘게 이어지는 언니와의 관계는 절차나 치장도 필요 없었다. 옷을 잘 입든 못 입든 형편이 좋든 나쁘든 언니는 나를 있는 그대로 받아들였다.

문을 열고 들어가니 매장 안은 소란스러웠다. 이야기꽃을 피우고 있는 테이블 옆에 자리가 비어 있었다. 그때 뒤에서 누가 나를 불렀다. 익숙한 목소리였다.

"준우 엄마, 여긴 웬일이에요?"

"약속이 있어서요. 즐거운 시간 되세요."

웬일이라니, 이런 곳과 어울리지 않다는 말투였다. 주언이 엄마의 말이 달갑지 않았다.

나는 언니를 기다리면서 주언이 엄마가 앉아 있는 테이블에 자꾸만 시선이 갔다. 호탕한 그녀는 무리 틈에서도 목소리가 가장 컸다. 다리를 꼰 채, 뭐가 그리 재미있는지 박수를 열렬히 치면서 대화를 즐기고 있었다.

나와 달리 늘 무리에 속해 있는 주언이 엄마는 사람들과 스스럼없이 지냈다. 한편으로 나는 그녀가 부러웠다.

그때 가게 문을 열고 들어온 언니가 매장 안을 두리번거렸다. 자리에서 일어나 손을 흔든 내게 언니가 다가오다가 발걸음을 멈췄다.

언니는 갑자기 문 앞의 테이블에 앉아 있는 주언이 엄마의 어깨를 가볍게 쳤다. 언니를 올려다 본 주언이 엄마는 놀라며 자리에서 일어서다가 의자를 뒤로 넘어트렸다.

꽈당.

넘어진 의자 소음에 매장 안의 사람들이 그들을 쳐다보았다. 주언이 엄마는 몸을 추스리며 언니와 인사를 나누면서 주위를 둘러봤다. 언니가 내게 걸어오는 동안 주언이 엄마의 시선도 함께 따라왔다.

언니와 이야기를 나누는 사이에도 나는 주언이 엄마의 눈길에 신경이 쓰였다. 내가 언니를 만나고 있는 동안, 주언이 엄마의 호탕한 웃음소리는 한 번도 들리지 않았다.

그럴수록 두 사람의 관계가 궁금했다. 나는 언니에게 물었다.

"아, 지나 씨? 우리 집에서 가사도우미 하시는 분이야. 왜?"

서울 강남에서 56평짜리 아파트에 사는 언니 집에는 가사도우미가 매주 세 번 출근한다고 했다. 나이가 자기보다 적지만 꼼꼼하고 깔끔하다는 가사도우미를 칭찬했던 언니의 말이 떠올랐다.

주언이 엄마라고 불리는 지나 씨는 우리 동네에서 가장 열성적인 학부모였다. 아이의 각종 학원과 과외 교육을 적극적으로 시키면서도 학교 모임에도 활발히 활동하는 엄마였다. 그녀의 주변에는 사람들이 많았다.

원하는 대로 사교육을 많이 시킬 수 있는 주언이 엄마의 넉넉한 경제력이 나는 부러웠다. 그런 그녀가 언니네 집의 가사도우미라니. 한 번도 상상해본 적이 없는, 그녀의 또 하나의 모습이었다.

언니에게 주언이 엄마는 아이들 뒷바라지를 위해 열심히 사는 엄마일 뿐이었다. 아이들의 학원과 과외의 비용을 마련하기 위해 돈을 버는 것만으로도 응원해주고 싶은 사람이었다.

주언이 엄마가 일을 마치는 시간에 언니는 간식과 음식 등을 넉넉하게 따로 준비해놓곤 했다. 언니의 말을 듣고 있으면서도 나는 주언이 엄마에 대한 낯선 거리감이 좁혀지지 않아 당혹스러웠다.

그때 메시지 알림이 울렸다.

'준우 엄마, 이따가 잠깐 만나서 얘기해요. 할 말이 있으니 잠깐이면 돼요.'

주언이 엄마는 그렇게 오랜만에 내게 메시지를 보냈다.

언니가 떠난 자리에 주언이 엄마가 다가왔다. 그녀는 상냥한 표정을 지으며 내가 묻지도 않은 말을 늘어놓기 시작했다. 벌겋게 상기된 그녀의 얼굴은 나를 마주하는 동안에도 그대로였다.

그동안 하지 못한 말이 이렇게 많았나 싶을 정도로 주언이 엄마는 침을 튀기며 말을 쏟아냈다. 그리고는 나를 믿는다는 말을 하고 자리에서 물러났다.

나는 그녀의 뒷모습을 지켜보며 웃음을 참지 못했다. 적어도 바바리맨은 내 말을 들었지만, 그녀는 한 번도 내 말을 들으려고 하지 않았다.

어렴풋하게 알고 있는 주언이 엄마의 일상은 누구보다 화려했다. 유행하는 신발이며 가방을 계절에 맞춰 바꾸고 치장하는 것을 좋아했다. 또한 아이들의 하교 시간부터는 아이와 학원을 동행하며 늦은 밤까지 공부를 시키는 열혈 맘이었다.

주언이는 상위권 성적을 유지했고 주언이 엄마를 바라보는 여느 엄마들의 시선은 부러움으로 가득했다. 그녀들은 주언이 엄마의 남부럽지 않은 경제력을 예상하며 쉼 없이 그녀를 추켜세웠다.

그래서였을까. 나는 주언이 엄마가 빈 곳을 채우고 가리기 위해 얼마나 열심히 사는지를 알아버린 후로 그녀가 애잔해 보이기까지 했다.

그날 이후로도 주언이 엄마는 자신의 속내를 바바리코트로 꽁꽁 숨기고 살았다. 다만 그녀가 바바리맨과 다른 것은 자신의 바바리코트를 함부로 열어젖히지 않았다는 것이다. 바바리코트를 펼쳐 보이기 전까지의, 속을 가늠할 수 없는 상태를 무한히 즐겼을 뿐이다.

나는 지금은 그녀가 왜 그렇게 갖고 있는 것을 확실히 드러내고 숨기고 싶은 것을 악착같이 숨기려고 했는지를 조금은 알 것 같다. 생각해보면 그것은 날 것의 자신을 바라보는 시시한 시선을 감당하고 싶지 않았기 때문일 것이다.

언젠가 시간이 지나도 그녀가 바바리코트를 활짝 펼쳐 보이지 않을 것을 나는 안다. 펼치지만 않으면 언제든 백점짜리 엄마, 풍족한 여자로 기억될 테니 말이다. 확실히 바바리맘은 바바리맨보다 계산적이며 영리했다.

엄마와 딸기

    친정집에서 키우는 상추와 새싹보리는 볼 때마다 한 뼘씩 자라 있었다. 그것들은 내가 한줌씩 솎아내면 다시 자라났다.

    그날도 엄마는 내가 집에 들어서자마자 상추와 보리줄기를 뽑아 길쭉한 접시에 담아냈다. 나 때문에 조금 늦은 점심을 기다리느라 엄마의 손은 바삐 움직였다.

    나는 엄마의 허기를 눈치 채고 된장찌개를 식탁 중앙에 올렸다. 내가 주걱으로 밥을 뒤적이자 엄마는 내 손에 들린 주걱을 가로채 밥공기에 밥을 그득 쌓아 올렸다.

    "큰딸, 가서 앉아. 밥 먹자."

    엄마의 앞치마는 젖어 있었다. 주방에서 분주한 엄마의 부

은 손을 보니 목이 메었다. 물을 찾아 두리번거리다가 냉장고를
열었다. 엄마가 끓여놓은 보리차가 길고 투명한 물병에 채워져
있었다. 유리잔을 꺼내 보리차를 한숨에 들이키자 허기가 사라
졌다. 엄마는 나를 안타깝게 바라보았다.

"물배 채우지 말고 밥 먹어."

어릴 때는 엄마의 잔소리가 그렇게 성가시더니, 이제는 엄
마의 잔소리가 그리웠다. 나를 걱정해주고 나만 바라보는 시선
은 따뜻한 빛과 같았다.

나는 식탁에 앉았다. 진수성찬이었다. 듬뿍 쌓인 불고기에
뜨끈한 된장찌개까지, 모든 게 먹음직스러웠다.

"잘 먹겠습니다."

누군가 해준 음식을 먹는 일은 언제나 감사한 일이다. 내가
엄마가 되어 보니 누군가를 위해서 음식을 해준다는 게 쉽지만
은 않은 일이란 걸 깨달았다.

세 식구가 둥그러니 식탁에 둘러앉아 수저에 뽀얀 밥을 한
가득 떠서 이것저것 반찬을 그득히 올렸다. 한 입 두 입. 숟가
락은 쉬지 않고 움직였다. 이윽고 남편이 수저를 내려놓았다.

"어머님 손맛은 역시 감동이네요."

남편의 말에 입꼬리가 조금 올라간 엄마를 보니, 그렇게 뿌
듯할 수가 없었다. 말로 표현한 감동은 두 배가 된다. 함께 살

았던 엄마에게 해주지 못했던 말들을 이제는 남편과 아들이 대신 해준다. 가족은 존재만으로도 나를 대변해주는 위대한 사람들이었다. 그런 가족을 위해서라면 희생이라는 단어도 아깝지 않다고 생각했다.

식사를 마치자 엄마는 빠르게 설거지를 했다. 싱크대에 쌓여가는 그릇 근처에는 나를 얼씬도 못 하게 했다. 밥풀이 묻은 그릇을 돌려가며 닦아내는 엄마의 뒷모습을 보고 있으면, 새삼 고마움이 떠올랐다. 살림하는 삶이 무료하기만 했는데 엄마의 자취를 따라가는 삶이 그다지 무료하지만은 않겠다고 생각했다. 엄마는 그 존재만으로도 존중받아 마땅했다.

설거지를 끝낸 엄마가 냉장고에서 스티로폼 상자를 꺼내왔다. 큼지막한 딸기가 가득 차 있었다. 4월의 딸기는 철이 막 지나는 끝물을 타는 과일이었다.

얼마 전, 집 앞에서 딸기가 할인 판매 중이었다. 저렴한 가격 때문일까. 사먹었더니 단맛이 적었다. 판매는 저조한 듯했다.

결국 믹서기에 딸기를 넣고 꿀을 듬뿍 넣었다. 믹서기 안의 딸기는 작동과 함께 순식간에 형체가 부스러지더니, 붉은색 음료로 탈바꿈했다.

달콤한 맛에 크게 한 모금을 마셨다. 그 후로 나는 떨이로 파는 딸기를 거들떠보지 않았다.

엄마는 딸기를 물에 씻었다. 그 손길은 매우 조심스러웠다. 그 모습을 지켜보던 나는 믹서기를 찾았다.

"딸기, 참 실하지?"

엄마가 나를 보았다.

"귀한 딸기를 이제야 맛보네. 요놈 잘 익었다. 이거 한번 먹어봐. 딸."

엄마가 내 앞에 내민 딸기를 나는 크게 한 입 베어 물었다. 엄마는 딸기의 남은 부분을 바싹 먹고 이파리는 버렸다. 나는 전처럼 딸기의 단맛을 느끼지 못했다. 엄마는 만족한 표정을 지으며 딸기를 가득 담은 하얀 접시를 식탁 위에 올려놓았다.

"올해 들어서 처음 맛보는 딸기라서 그런지 내 입에는 엄청 다네. 너무 비싸서 먹어볼 수가 있어야지."

끝물의 딸기를 첫물의 딸기로 여기는 엄마의 모습에 가슴이 먹먹했다. 내겐 고작 끝물인데 엄마에겐 이제야 첫물이라니. 제철에 나오는 과일의 최상급만 먹던 나였다.

엄마는 홀로 남았다. 자식들에게 받은 용돈은 꼬박 모아놓고서 먹고 싶은 과일은 제철이 지나기를 기다렸다. 우리 모녀의 인생의 결은 어느새 이렇게 달라져 있었다.

국 하나에 밥을 말아먹고 과일을 잘게 쪼개 먹던 시절은 까마득하기만 했다. 더 이상 우리 모녀가 평행선을 걷지 않는다는 건 먹먹하고도 미안한 일이 분명했다. 그럼에도 우리 모녀 사이의 간극은 엄마에겐 늘 감사하고 기뻐할 일이었다.

그 차이가 벌어질수록 엄마는 더 신나며 박수를 칠 것이다. 그러나 여전히 내겐 이 간극이 생소하고도 불편한, 그 무엇 이상이다.

김칫국

치열하게 살았던 어린 시절, 비가 새고 바람이 넘나드는 우리 집에는 날마다 칼칼한 냄새가 퍼졌다. 엄마의 애씀과 세 딸의 희망이 얼버무려진 냄새는 집안을 덥혔다.

우리 자매는 날마다 뜨거운 국물에 밥을 말아먹으며 쑥쑥 자랐다. 김칫국이 없었으면 애초에 무너졌을 삶이었다. 그래서 내겐 그것만큼 각별한 게 없다.

"언니, 또 먹어?"

동생이 뜨악한 표정으로 내게 물었다. 나는 아무 대답 없이 다시 수저를 들었다. 입에 넣은 콩나물을 씹으며 동생의 질문도 씹었다.

벌써 두 그릇째였다. 하지만 여전히 첫 그릇을 먹는 것처럼 내 수저질은 멈추지 않았다. 동생이 계속해서 따가운 시선을 보내자 국사발을 두 손으로 움켜쥐고 그릇에 남아 있는 국물을 단숨에 들이켰다.

김칫국이 가득 담긴 국을 앞에 두고 동생이 눈을 흘겼다. 내가 움푹 파인 솥단지의 뚜껑을 다시 열고 국자를 집어 들자 동생이 볼멘소리를 냈다.

"그만 좀 먹어, 이 돼지야!"

내가 세 번째 그릇을 담는 동안 동생은 한 그릇도 비우지 못했던 것이다. 무엇이든 나만큼 갖거나 먹으려고 안달이 난 동생이었다.

세 번째 국을 쳐다보면서 동생은 내게 질세라 수저질을 빠르게 했다. 하지만 거대한 내 위장의 소화력을 넘보기엔 동생의 위는 너무 작았다. 8살이 12살의 먹부림을 좇아오기엔 한참이나 멀었다.

엄마는 매일 어둑해지는 저녁 무렵에 집을 나서서 동트는 새벽녘에 집으로 돌아왔다. 일하러 나갈 때마다 전기밥솥에 쌀밥을 앉혔고 커다란 솥단지에 김칫국을 한 되만큼이나 끓였다. 집에 남은 자식들의 끼니를 챙기고 나가는 엄마의 뒷모습은 애처로워 보였다.

나는 그런 엄마를 볼 때마다 미안한 마음이 앞서 투정 한번 부리지 않았다. 엄마를 위해 할 수 있는 일이라곤 그저 김칫국을 맛있게 먹는 것뿐이었다. 솥단지가 비워 있을 때마다 엄마는 흐뭇해했다. 나는 그게 효도인 줄 알았다.

엄마는 젖먹이 막둥이까지 세 딸을 홀로 키웠다. 몸집이 작았던 엄마였지만 남들보다 강한 생활력으로 모진 삶을 버텼다. 나는 그날이 오기 전까지 키워주고 먹여주는 일들을 당연하게 느꼈다. 엄마 혼자서 감당하기엔 너무 벅찬 일이었음을 나는 그날에서야 알게 되었다.

새벽녘, 문소리가 들렸다. 물소리가 이어질 즈음 엄마의 흐느낌이 벽을 타고 흘러 들어왔다. 엄마의 울음소리가 들릴 때마다 나는 눈을 감고 숨죽이며 웅크리고 있었다. 엄마의 불행이 나 때문인 것만 같아 가슴이 저렸다. 나는 움직일 수가 없었다.

그날 이후 눈을 뜨는 아침마다 의무적으로 안방 문을 살며시 열었다. 간밤에 엄마의 무사귀환을 확인하기 위해서였다.

나는 엄마가 집을 비운 밤마다 달을 보며 기도하기 시작했다. 아빠가 사라진 밤이 또다시 찾아올까 봐, 매일 밤이 불안했다.

엄마는 아빠와 달리 무거웠던 삶의 무게를 쉬이 내동댕이

치지 않았다. 아침마다 쓰러진 채 잠들어 있는 엄마를 바라보면 절로 고마운 마음이 생겨났다. 그렇게 매일 아침을 나 홀로 바쁘게 맞았다.

나는 일찍부터 철이 들었다. 엄마의 짐을 나누느라 동생들의 끼니를 챙겨야 했고 젖먹이 막내를 돌봐야 했다.

당시 살고 있던 집은 반쪽짜리 울타리에 지나지 않았지만 내겐 세상 어느 집보다도 소중했다. 매일을 불평 없이 치열하게 살아야만 했던 시절이었다.

고달픔 때문이었는지, 솥단지의 바닥을 깨끗하게 긁어도 허기가 졌다. 동생의 눈초리에도 끼니때마다 김칫국을 세 그릇이나 먹어치운 것은 모두 허기 때문이었다.

일을 마치고 돌아온 엄마는 고춧가루만 붙어 있는 솥단지를 보며 우리들의 일과를 짐작했다. 엄마의 가뿐한 손으로 솥단지가 다시 달궈질 때마다 우리의 키도 한 뼘씩 자랐다.

27년이 지났어도 나는 여전히 김칫국이 좋았다. 특히 기운 없거나 비가 오는 날이면 얼큰하고 뜨끈한 김칫국이 자꾸만 생각났다. 그럴 때면 어김없이 엄마에게 전화를 걸었다.

"엄마, 오늘따라 김칫국이 먹고 싶네."

"엄마가 끓여서 갖다 줄까?"

엄마가 우려낸 국물 맛은 여전했다. 나는 엄마의 김칫국을 재현해 보려고도 노력했다. 작은 냄비에 멸치 다시마 육수를 우려냈고, 익은 김치를 썰었다. 우려낸 육수에 김치와 콩나물을 넣고 고춧가루 한 숟갈과 마늘 듬뿍, 소금 한 꼬집을 담아 푹 끓였다. 끓는 국물을 한술 뜨고서 깨달은 것이 있었다. 흉내 낼 수 없는 맛이란 게 존재한다는 걸. 온갖 양념을 해도 내가 원하던 국물 맛은 느낄 수 없었다.

얼마 후 엄마가 끓여준 김칫국을 먹고 감탄사가 절로 나왔다. 엄마의 손맛에는 아무리 먹어도 질리지 않게 하는 묘약이 들어 있는 것만 같았다.

그날 나는 김칫국에 밥을 말아 세 그릇이나 비웠다. 무엇을 먹어도 밥맛이 없어서 한 그릇을 비우지 못했던 때라 오랜만의 과식에 기분이 좋았다.

요즘은 전화 한 통이면 그리운 맛이 엄마의 손에 들려 배달된다. 엄마의 생생한 손맛을 즐기는 일이 선택받은 자만 누릴 수 있는 기쁨이란 것을 이제는 안다.

오늘도 냉장고를 열어 김칫국을 꺼냈다. 아들이 허기진 얼굴로 눈을 반짝이며 물었다.

"엄마, 오늘 저녁 메뉴는 뭐예요?"

"외할머니표 김칫국이지."

아들은 또 그거냐고 실망하는 듯했다. 세상에 하나뿐인 맛

을 여전히 모르는 아들이지만 그래도 내겐 사랑이다. 벌써 김
칫국 냄새가 스멀스멀 코끝으로 퍼졌다. 엄마의 내리사랑이 가
스불 위에서 펄펄 끓고 있었다.

두 여인

우리는 때로 인연이라는 포승줄로 묶인 채로 사람과의 마모를 견뎌내야만 한다. 내겐 결혼이 그랬다. 결혼으로 이어간 사랑에는 확장이 필요했다.

'너'를 사랑하려면 그 둘레의 모든 것들도 사랑으로 품어야만 했다. 마치 한순간에 신의 영역에 들어서는 기분이었다. 애석한 건 그 영역이 꽃밭일 수도 있고 돌밭일 수도 있다는 것이다.

하지만 그 둘 중 하나를 선택할 권한이 우리에겐 없다. 그럼에도 사랑을 위해서 우리는 모든 희생을 감수한다. 희생을 감수하면서 사랑에 집착하기도 한다.

나의 경우도 그랬다. 확장된 사랑의 영역이 처음엔 가시밭

길만 같았다. 너무 뾰족하고 굴곡져서 한동안 눈과 발이 부르튼 적도 많았다. 그것을 사랑을 위한 희생이라고 여겼다. 돌이켜보면 그런 희생으로 굳건한 사랑을 확인할 수도 있었다.

확장된 구역에 들어왔어도 서로가 맞지 않으면 부대끼기 마련이었다. 올케와 시누이 사이가 그랬다. 매사가 못마땅한 시누이와의 관계 때문에 나는 오랫동안 생채기를 앓았다.
시누이는 화살을 겨누고 올케는 그 과녁이 되어 쓰러졌다. 그렇게 가족이라는 인연에 묶여서 나는 한동안 제정신을 차리지 못했다.
'시'댁에 갈 때마다 감정받이가 되는 기분이었다. 시누이가 나를 향해 독한 화살로 공격하는 날도 있었고 비아냥거리며 나를 무너트린 날도 있었다.
그게 십 년 전의 일이었다. 살다 보면 나를 아무런 이유도 없이 싫어하는 사람들이 있었다. 살면서 그런 눈빛을 느꼈던 적이 한두 번이 아니었다.
나를 알지도 못하는 사람들에게 거부당하는 느낌이 좋을 리 없었다. 신경 쓰지 않을 거라 다짐해도 여간 신경 쓰이는 게 아니었다. 때로는 자괴감으로 도져서 고달프기도 했고, 싫어하는 감정을 고스란히 내비치는 그들의 행동에 악이 뻗치기도 했다.

생각해보면 타인의 감정은 내가 어찌할 수 있는 영역이 아니었다. 타인이 느끼는 생각과 감정은 내가 어찌할 수 없는 부분이었다. 그럴 때마다 나는 시간을 견디거나 상황을 외면하는 쪽을 택했다.

시누이와의 관계에서도 시간을 견디기로 했다. 상황을 외면할 수 없으니 그 방법밖엔 없었다. 그렇게 십 년이라는 시간을 버티면서 빈곤하고 연약했던 내게도 고집이 생겨났다. 상처가 생기고 아문 곳에 굳은살이 단단히 박힌 것이다. 웬만해선 시누이의 어떤 화살에도 내 살은 더 이상 뚫리지 않았다.

시련은 분노와 절망을 주는 동시에 성장을 도와주었다. 당장은 견딜 수 없는 고통이 밀려와도 결국 견디고 나면 마음은 어느새 한 뼘 자랐다. 그게 시련이 주는 힘이었다.

많은 시련을 겪었지만 가장 나를 힘들게 한 건 가족에서 비롯되는 시련이었다. 가장 가까이서 나를 찌르는 아픔은 한 발 떨어져서 찌르는 아픔보다도 당연히 크고 셌다.

가족은 서로에게 날카로우면 안 된다. 어느 공격보다 가장 힘이 세고 어떻게 저항해도 가장 힘이 들기 때문이다.

십 년이 지나서 '시'가에도 평화가 찾아왔다. 어쩌면 서로 다른 모양이 제 공간에 맞춰 끼워지느라 부딪히고 닳는 과정일 수도 있었다. 내가 아팠던 만큼 시누이도 제 모양을 다듬는 고통쯤은 견뎠을 터였다. 그렇게 서로가 서로의 포승줄을 느슨히 잡아갔다.

가족 또는 가까운 사람들과의 관계에선 서로를 용서하거나 포용하는 행위로 마무리될 수 없는 무엇인가가 있다. 잘잘못을 따진다고, 지난 일을 되돌려서 결론을 다시 내도 해결할 수도 없다. 끈끈한 관계는 그래서 더욱더 공을 들여서 엮어나가야만 한다.

십 년 전보다 더 단단해진 나, 더 부드러워진 시누이였다. 그래서일까. 이제는 서로 어긋나지도 않고 불편해지지 않았다. 서로가 서로에게 맞춰지도록 변하고 버틴 시간들이 있었기에 가능했다.

가끔씩 나의 가슴에 꽂힌, 차갑고 매정했던 말이 불현듯 나타났다가 사라지기도 했다. 그럴 때마다 나는 부족한 아량을 탓하며 스스로를 나무랐다. 시누이가 던진 말을 내 마음대로 가두거나 치워버릴 수만 있다면 좋겠다고 말이다. 다행인 건 그녀가 뱉어낸 말은 나에게로 흘러들어온 이상 어떤 권한도 상실했다는 것이다.

내 안에 쌓인 말은 누가 쏘았건 간에 나만이 어찌할 수 있었다. 뾰족한 촉이 되어 시누이에게 되돌릴 수도 있었고, 삭혀서 양분으로 저장할 수도 있었다. 어떤 방식을 선택하던 이제는 나의 권한이었다.

나는 십 년 동안 사방에서 날아오는 말들을 마음 창고에 차곡차곡 쌓아두었다. 시간에 묵혀서 그 성질은 단단해졌고 마모되어 반듯해졌다. 마치 그 올케의 마음이 대장간이고 그 올케가 대장장이가 된 것처럼.

불청객의 음모

느긋하게 커피를 마시고 있었다. 때마침 등록이 안 된 발신 번호로 메시지 하나가 도착했다. 아이가 다니고 있는 유치원의 같은 반 아이의 엄마가 보낸 메시지였다. 자주 연락하고 지내 자는 짧은 인사였다.

집 아이가 친한 친구로 자주 언급했던 애 이름이어서 반가 웠다. 며칠 뒤 저장된 준이 엄마의 번호로 다시 메시지가 도착 했다.

"아이들 물놀이를 할 만한 장소를 예약하려는데, 시간 되 시면 다음 주에 만날 수 있을까요?"

무더운 여름에 기분 좋은 제안이었다. 아이와 나는 그날이 오기를 기다렸다.

햇볕 내리쬐던 그날은 아침 공기부터 상쾌했다. 며칠간 내리던 장맛비가 그친 터라 맑게 갠 하늘만 봐도 기분이 좋았다. 차를 타고 약속장소를 향하는 내내 아이의 웃음소리는 그치지 않았다.

준이가 우리 차를 보고 손을 흔들었다. 아이는 차 안에서 환호성을 질러댔다. 그렇게 나는 준이 엄마와 관계를 맺었다.

나는 나이 차가 많이 나는 준이 엄마에게 꼬박 '언니'라는 호칭을 썼다. 그날 이후로도 몇 번 만나 커피를 마셨고 함께 식사를 했다. 나와 만날 때에도 그녀의 휴대폰은 쉴 새가 없었다. 통화가 끝나자마자 다시 신호음이 울렸다. 언니는 사회생활에 바쁜 워킹맘이기도 했다.

나는 언니의 집 앞에서 아이들과 함께 만나기도 했다. 아이와 그네를 타거나 미끄럼틀을 타면서 약속 시간이 다 되어도 나오지 않는 언니를 기다렸다. 언니를 만날 때마다 기다리는 게 일상이었다. 그렇게 기다려야 볼 수 있는 언니는 평범한 나와는 다른 삶을 살고 있었다.

언니와 함께 식당에라도 가면 사람들은 무슨 사인이라도 받으려는지 우리 테이블을 찾았다. 언니는 밥을 먹으면서도 바빴다.

며칠 후, 언니가 보낸 문자가 늦은 밤에 도착했다. 소외된 이웃을 돕자는 취지로 플리마켓을 연다는 공지였다. 언니는 며칠 동안 같은 내용의 문자를 조금씩 구성만 달리하며 다시 전송했다. 마켓이 열린다는 전날엔 당부의 메시지를 보내기도 했다.

'내일 오는 걸로 알고 있을게.'

나는 언니와의 만남이 계속될수록 조금씩 지쳐갔다. 가끔씩 서운한 감정이 생겼다. 하지만 그건 내가 혼자서 삭혀야 할 몫이었다. 언니에겐 함께 만나는 시간조차 업무의 연장선인 것만 같았다.

나는 플리마켓에 가지 않았다. 갑자기 생긴 급한 일 때문이라고 둘러댔지만 아이와 함께 나른하게 하루를 보냈다. 언니가 전화를 걸어왔다.

"왜 안 왔어. 암튼 내가 자기네 집 근처 지나가는데, 우리 잠깐 보자. 내가 서프라이즈 선물도 들고 갈게."

언니는 나를 보자마자 커다란 쇼핑백 하나를 건넸다.

"어제는 많은 분들이 다녀가서 빨리 품절돼서 잘 마쳤어. 근데 자기 생각이 딱 나잖아. 품절되기 전에 물건들 골라서 내가 확보해놨잖아."

"이런 것까지. 언니, 못 가서 정말 미안해요."

"그럴 수도 있지. 내가 바빠서 그만 가봐야 해. 연락할게."

집에 들어와 언니가 건네준 커다란 쇼핑백을 열었다. 아이가 입기엔 치수가 큰 내복 바지가 들어 있었고, 상표가 떨어진 내복도 있었다. 소녀들이 메고 다닐 만한 체인 달린 작은 사이즈의 비닐 가방과 아이 양말 4켤레, 스카프와 트레이닝복이 담겨져 있었다.

내게 필요하지 않는 물건들만 잔뜩 채워져 있었다. 굳이 내 것까지 챙기지 않아도 되는데. 그래도 언니가 배려해준 선물이라서 마음만은 훈훈해졌다. 그때 메시지 알림 소리가 울렸다.

"잘 들어갔지? 선물은 어때? 맘에 들 거라 믿어. 내가 자기 물건들 빼려고 얼마나 신경 썼다고! 좋은 물건이니까 잘 사용해주면 더 좋고. 아, 깜빡할 뻔했네. 내복 바지 2만 원, 상하의 내복 두 벌 2만 원, 양말 네 켤레 2만원, 스카프 3만 5000원, 가방 7만 원, 트레이닝복 10만 원. 총 26만 5000원이야. 계좌 번호 보낼게. 고마워."

말문이 막혔다. 선물을 통해 마음을 전달받은 줄 알았는데, 언니의 일방적인 거래일 뿐이었다. 허탈했다. 언니를 만나면서 애쓴 마음까지도 까맣게 그을려 버린 것 같았다.

나는 바닥에 펼쳐진 잡동사니들을 바라보았다. 한숨이 나왔다. 꽉 찬 우리 집 옷장에 굳이 꾸깃꾸깃 넣어두기도 싫었다.

재활용 쓰레기장에 버리기도 아까운, 딱 그만큼의 값어치
밖에 안 되었다. 하나같이 번지수를 잘못 알고 찾아온 불청객
의 선물일 뿐이었다.

한글 떼기

"이것도 몰라? 어제 엄마가 가르쳐줬잖아."

나는 가슴이 턱 막혔다. 눈곱이 낀 아이의 눈을 쏘아봤다. 내 시선이 불편한지 아이는 쥐고 있던 연필로 왼손 검지손가락 위를 콕콕 찔러대다가 까만 심을 만지작거렸다. 아이의 검지손가락은 검게 변했다.

"동작 그만. 엄마가 말하고 있는데 장난쳐? 그만두지 못해?"

화가 치밀어 오르자 주체하지 못한 감정이 입 밖으로 쏟아져 나왔다. 얼굴이 벌겋게 달아오르는 듯했다. 화가 난 엄마는 악마처럼 변한다고 한 아이의 말이 떠올랐다. 나는 서둘러 아이 방에서 나왔다.

나 자신도 통제하지 못하는 내면을 아이에게 보이는 것만큼 후회스러운 일은 없었다. 머그잔의 냉수를 단숨에 들이켰다. 몸의 열기는 한풀 꺾인 듯했다. 개수대에서 창밖을 바라보았다. 햇살에 눈이 부셨다. 그 때문일까. 나의 이성이 조금씩 되살아났다.

기분전환을 한 나는 아이의 방에 다시 들어갔다. 아이는 바닥에 엎드려 만화책을 읽고 있었다. 내가 방에 들어온 것도 몰랐다. 책장을 넘기면서 고개를 끄덕이기도 했다.

열이 났던 좀 전의 내 감정은 진정돼 있었다. 만화책이 재미있는지 아이는 웃고 있었다. 나는 책상 위에 어지럽게 늘어진 한글 연습장을 책꽂이에 꽂았다.

아이의 초등학교 입학통지서가 책장 맨 앞에 꽂혀 있었다. 그것을 보자마자 가슴속 깊은 곳에서 덩어리진 무언가가 머리끝까지 차올랐다. 나도 모르게 숨을 크게 내쉬었다. 아이가 고개를 돌려 나를 바라보았다. 아이는 웃고 있었다.

아이는 초조하고도 설레는 마음으로 2월의 겨울을 보내고 있는 예비 초등학생이었다. 한 달 뒤에 입학을 하는 데도 아이는 한글을 떼지 못했다. 한글은 자연스럽게 떼는 거라고 확신했던 나는 2월이 되자 조급해졌다.

나는 그때부터 책상 앞에 아이를 세워놓고, 하루는 자음, 하루는 모음을 가르쳤고, 한글카드를 꺼내 단어를 익히게 했다. 아이가 읽지 못하는 한글카드는 투명한 테이프로 방의 벽에 붙였다. 아이는 전날 배운 단어들을 하루가 지나자 다시 까맣게 잊었다.

나는 아이의 부진한 학습 진도를 지능 탓으로 돌리며 아이를 나무라기 시작했다. 하나를 알려주면 열을 아는 천재를 거들먹거리기도 했고 누굴 닮아 머리가 좋지 않은 건지 쓸데없는 추측을 하기도 했다.

내가 아무렇게나 뱉어낸 말들은 아이를 비참하고 부정적인 감정으로 몰아넣었다. 그럴 때마다 아이는 풀이 죽어 고개를 숙였다.

안쓰러운 마음이 들어 아이를 달래고 보듬기도 했다. 지나치게 야단을 친 것 같아 후회하기도 했다. 엄마표 한글 수업은 2월 말에 엉성한 마침표를 찍었다. 아이는 한글을 완전히 깨치지 못한 채 초등학생이 되었다.

살다보면 누군가 정해놓은 일련의 선을 넘지 못해서 초조함과 불안감에 잠식당하고 만다. 그러다가 뒤처지는 것이 곧 실패라고 여겨 스스로를 닦달하거나 무너트리기도 한다. 그 기준의 선은 언제 누가 정해놓은 것인지가 궁금했다.

시간이 흐를수록 나는 초조했다. 씨앗을 심고 싹이 트기 시작하면 당장이라도 잎이 나와야 하는 줄 알았다. 잎이 나오면 꽃이 피지 않으면 어떨까 초조해했다. 또한 꽃이 피기라도 하면 열매가 맺히지 않으면 어떨까 마음을 졸였다.

소리 없이 꽃이 질까. 열매가 달릴까. 긴장하지 않을 때가 없었다. 내 마음은 폭풍우가 몰아치는 창가에 서 있는 사람의 마음처럼 사정없이 흔들렸다. 주위보다 더디고 뒤쳐진다고 나는 집 아이를 꽤나 달달 볶았다.

때가 되면 자연의 섭리에 따라서 저절로 이루어지는 것들이 있다. 발을 구르지 않아도 숨을 쉬는 한, 성장이 계속되고 삶은 계속되니 말이다. 자연스럽게 나아가는 데에 굳이 때를 정하고 선을 긋지 않아도 된다.

우리는 삶의 바다로 자연히 흘러가는 존재일지 모른다. 누가 먼저 바다로 향하는 물살을 탄 것이 결코 대단한 일은 아니다. 흐르고 흘러 언젠가는 큰 바다에 다다를 것이 분명하기 때문이다.

다행히 아이는 학교에 입학하고 얼마 지나지 않아 한글을 자연스럽게 터득했다. 엄마의 윽박보다도 시간의 힘이 훨씬 셌다.

입학식 선물

3월 2일 아이의 생애 첫 학교 입학식에 참석하려고 남편은 휴가를 냈다. 하나뿐인 아이가 학교에 입학하니 할 일을 제쳐두고 참석하는 건 당연했다. 아이는 태평했고, 우리 부부만 며칠 전부터 반쯤 흥분한 상태였다.

입학식 날 아침부터 남편은 옷장을 들쑤셔놓았다. 여러 옷들이 옷걸이에서 빠져나올 때마다 장롱 안은 뼈만 남은 듯 앙상해져갔다.

학부모처럼 보이게 하는 옷차림이 딱히 정해져 있는 게 아니었지만 나도 신경이 쓰였다. 무난하고 단정한 옷차림을 위해 남편과 나는 수없이 장롱 문을 여닫았다. 학부모가 된다는 기분은 전혀 새로운 느낌이었다.

오래전 초등학교 입학식에서는 학교 운동장에서 누구나 가족이 기념사진을 찍었다. 나도 지난날의 설렘을 오래된 사진에서 확인할 수 있었다. 사진 속 부모님의 상기된 표정이 자꾸만 떠올랐다.

그날 나는 여느 때보다 빨리 잠자리에서 일어났다. 새벽 6시에 일어나 씻고 화장하고 머리를 매만졌다. 아이라인은 평소보다 진했고, 윗머리의 볼륨도 보통 때보다 높았다. 간단히 식사를 마치고 전날 다려놓은 아이의 교복을 다시 한 번 매만졌다.

아이의 입학식 날은 남편의 첫 출근 날과 다르지 않았다. 아이의 외모는 남편을 빼다 박았다. 그래서일까. 내 기분은 아내와 엄마 사이를 아슬아슬하게 넘나들고 있었다.

우리 세 식구는 간신히 시간 내에 학교에 도착했다. 아이는 1학년 1반 교실로, 남편과 나는 학교 강당으로 향했다.

강당 안은 넓었고, 천정은 높았다. 차가운 바람이 옷깃 사이에 스며들었다. 청록색의 플라스틱 의자가 바닥에 질서정연하게 놓여 있었다. 남편과 나는 긴장했다.

곧이어 강당 안으로 아이들이 반별로 입장하고 나란히 줄을 섰다. 우리 부부 양 옆으로 학부모들이 자리를 채웠다.

삼삼오오 모여 이야기꽃을 피우는 그들을 보니 나는 초조해졌다. 그들은 언제부터 알고 지냈던 걸까.

1학년 신입생 아이들은 상황 파악이 안 되는지, 하나같이 어리둥절한 얼굴이었다. 그중에서 가장 몸집이 작고 안경을 낀 아이가 엄마를 찾으며 울먹거리기 시작했다. 천진난만한 아이의 모습에 학부모들이 웃음을 떠트렸다.

나는 아이와 한자리에 모인 같은 반 친구들을 찬찬히 살폈다. 어떤 아이들이 내 아이와 일 년을 함께 지낼지 궁금했다.

남아 12명, 여아 12명, 총 24명으로 이뤄진 한 반에는 몸집이 큰 아이도 있었고 4학년 학생과 키가 비슷한 아이도 있었다. 1반에 모인 아이들은 하나같이 앳되었고, 뺨에는 솜털이 가득했다.

1학년 뒤로는 6학년 상급생들이 바른 자세로 줄지어 서 있었다. 1학년과 6학년을 번갈아보자 아이들의 빠른 성장이 한눈에 들어왔다.

집 아이가 6학년이 되면 어떻게 변해 있을까를 상상했다. 먼 훗날의 일 같았다. 사실은 아주 가까운 미래일 테지만 나는 지금의 시간이 더디게 흐르기만을 바랐다. 입학식은 교장선생님의 환영 인사말씀으로 끝났다.

학부모는 자리에서 일어나 아이들 곁으로 다가갔다. 저마다 자식을 껴안고 환하게 웃으며 사진을 찍느라 여념이 없었다.

우리 부부도 아이와 함께 사진을 찍었다. 몇십 년이 지나서 찾아보게 될 추억의 한 장면이기에 정성을 들여 셔터를 눌렀다.

수십 번 셔터를 눌러 사진을 찍었는데도 강당을 빠져나가는 사람들은 없었다. 휴가까지 내서 온 아이의 입학식인데 부모들은 저마다 사진을 찍어주는 것 말곤 할 게 없었다. 이 순간을 함께 보냈다는 것에 의의가 있을 뿐이지, 그 자리에서 부모가 할 건 딱히 없었다.

학교는 그런 곳이었다. 학생이 된 아이의 역할만 존재할 뿐, 앞으로 부모는 아이에게서 한 발 물러나 있어야 했다. 자식의 입학은 더 이상 부모가 아이의 몫을 대신 해줄 수 없는 것의 시작점이었다. 드러나지 않게 조금씩 독립을 시켜주는 것이 부모의 역할인 것만 같았다. 그래선지 입학식은 기쁘기도 했지만 어떤 아련함을 느낄 수 있는 행사였다.

주위를 둘러보았다. 아이들보다 부모들이 더 흥분한 듯했다. 달리기 시합을 하기 전 출발선에 선 아이들에게 힘내라고 목이 터져라 구호를 외치는 듯했다. 마치 온 힘을 실어 응원가를 부르듯 자식들의 시작을 열렬히 환호하는 것만 같았다. 나는 다시 한 번 강당 안의 와자지껄한 현장을 한눈에 담았다.

두꺼운 철문을 딸깍 소리가 날 때까지 힘껏 밀고 강당을 빠져나오자 청량한 공기와 푸른 하늘이 눈앞에 펼쳐졌다. 숨을 깊이 들이마시자 키가 한 뼘 자라고 마음이 한결 너그러워진 것 같았다. 학부모가 되는 기분이었다.

졸린 등굣길

금잔디초등학교는 45인승 규모의 스쿨버스를 여덟 대나 보유했다. 우리 집 근처를 통과하는 스쿨버스는 5호차였다. 다행히 버스를 타고 곧장 학교로 향하는 마지막 정거장이 집 근처였다.

오전 8시 3분발 스쿨버스에 타려면 아이는 오전 7시 20분에 기상해서 서둘러 씻고 아침밥을 먹여야 했다. 어느 날은 아이가 늦잠을 자느라 눈곱도 떼지 못한 채 달려 나가서 출발하려는 스쿨버스에 가까스로 올라탄 적도 있었다. 이 때문에 아침마다 집은 전쟁터 같았다.

오전 8시 전, 길목에는 책가방을 메고 학교에 가는 아이들이 보이지 않았다. 집 앞에 위치한 공립초등학교의 등교시간은 금잔디초등학교보다 이른 오전 9시부터였다. 이른 시간부터 서둘러 나와 부스스한 모습을 한 아이들은 금잔디초등학생뿐이었다.

5호차 버스를 타는 옆 동네의 아이들은 오전 7시 20분에 스쿨버스에 탑승했다. 반면 집 아이는 그 시간에 기상했다.

아침마다 길고도 먼 길을 스쿨버스에 몸을 실은 아이들은 하나같이 버스 창문에 머리를 대고 잠에 빠져 들었다. 아이들이 내뿜는 입김은 창가에 서려 크게 부풀려졌다가 이내 작아졌다.

아침마다 그 모습을 보면서 아이를 버스에 태워 등교시켰다. 그 와중에도 이기적인 부모 맘이 앞서선지 아이를 가장 늦게 버스에 탑승시켜 그나마 다행이라고 생각했다. 아이들의 승하차를 돕는 도우미 선생님이 인사를 건넸다.

"안녕하세요, 어머님. 좋은 아침이에요."

선생님은 매일 똑같은 인사를 건넸다. 선생님은 아이들이 의자에 앉으면 안전벨트를 매어주었고 책가방을 들어서 따로 보관해주었다.

나는 출발하는 버스를 향해 오른손을 머리 위로 높이 들어 손짓했다. 아이도 내게 작은 손을 흔들었다. 버스가 굉음을 내며 커브를 돌자 창가에 기대어 잠든 아이들의 까만 머리들이 힘없이 미끄러졌다.

아이들의 그런 모습을 볼 때마다 마음이 저렸다. 학원 버스에 기대어 잠이 들거나 무거운 책가방을 메고 힘없이 걸어가는 아이들을 볼 때도 그랬다.

며칠 전에 만난 한 아이는 학원 문 앞에 쪼그려 앉아 못 다한 숙제를 하는 듯 노트에 뭔가를 적고 있었다. 아이들의 삶이 내가 겪어온 삶보다 훨씬 힘들어보였다.

할 수 있다면 창가에 기대에 잠든 아이의 고개를 살짝 올려주고 싶었다. 무거워 보이는 책가방을 들어주거나 힘없이 걸어가는 아이에게 맛있는 사탕을 물려주고 싶었다. 내 아이의 고난도 어른으로서 함께 나누려고 애쓰고 싶었다.

지치고 힘든 아이를 위해 나는 노래를 불러 주었다. 음정과 박자를 무시하고 사랑이 담긴 가사를 붙여서 흥얼거리는 식이었다. 아이는 엉뚱한 노래를 들으며 어이없는 웃음을 지었다. 축 쳐진 아이의 등짝에 입 바람을 불어넣는 놀이도 자주 했다. 등에 전해지는 진동에 아이가 웃음을 터트리면 아이와 내 곁으로 잔잔한 행복이 찾아오는 것만 같았다.

닮는다는 것

아이는 암기하는 능력이 부족했다. 아이가 한글을 늦게 뗀 것도 그 때문이었다. 가나다를 외우고는 그 다음날 '가'를 '나' 라고 대답하는가 하면, '다'를 거울에 비친 모양으로 반대로 써 놓곤 했다.

외우는 것보다 이해를 시키는 편이 빨랐다. 그래서 장황한 설명과 눈높이에 맞춘 예시를 들어가며 학습에 많은 시간을 할애했다. 하지만 시간이 지나도 효과가 없자 짜증이 나기 시작했다.

마음을 진정시키다가도 한 순간 분노가 통제되지 않는 날 도 있었다. 해가 바뀔수록 분노의 강도는 높아만 갔다. 어느 날

나는 누워서 TV를 보는 남편을 타깃으로 삼았다.

"아이 앞에서는 TV 좀 보지 마. TV에 시선이 빼앗겨서 집중도 안 하고 외우지도 못하잖아."

별안간 불똥에라도 맞은 듯한 남편이 휘둥그레진 눈을 하고 몸을 일으켰다.

"TV 본다고 애가 한글을 모른다는 거야?"

나는 남편에게 상황의 심각성을 깨닫게 해주고 싶었다.

"당연하지, 다른 애들은 이미 한글을 떼고 책도 혼자 읽는데. 당신은 걱정도 안 돼?"

"난 어릴 때부터 누가 시키지 않아도 알아서 공부 잘했어. 1등을 놓쳐본 적 없다고. 그런 면에서 애는 나랑 참 달라."

"뭐? 그럼 나 닮아서 이렇다는 거야?"

아이 때문에 다시 부부의 전쟁이 시작됐다. 나 때문이거나 너 때문이라고, 서로의 탓으로 미룬 것이다. 결국은 두 사람이 함께 만든 자식이었지만, 부족해 보이는 건 서로를 탓했다.

남편과 나는 학벌에서 차이가 났다. 공부를 잘했던 남편은 모범생 소리를 들으면서 학교를 졸업했고, 나는 학창시절 내내 있는 듯 없는 듯 두각을 나타내지 못했다.

나는 알게 모르게 남편에게 자격지심을 느꼈지만, 그것을 결코 인정하기 싫은 알량한 자존심도 함께 가지고 있었다. 남편과 나는 아이가 초등학교에 들어갈 무렵부터 교육문제로 티격태격 했다.

그럴 때마다 남편은 자신의 과거 행적을 한껏 치켜 올리며 자신만의 공부 방법을 아이에게 강요했다. 어려서부터 공부 자세를 바로잡아야 한다면서 부모가 나서서 단호하고 엄격하게 가르쳐야 한다고 목소리를 높였다.

학교 공부보다 교우관계를 중시했던 나의 과거와는 확실히 다른 삶을 살았던 남편이었다. 어쨌거나 나는 남편의 말을 따르기로 했다. 남편이 나보다 학벌이 좋은 건 틀림없었기 때문이다.

그렇게 교육과 관련해서는 남편이 제시한 방향을 따랐다. 하지만 아이는 남편과는 많이 달랐다. 알아서 일찍이 말을 깨쳤다는 남편과는 달리 아이는 말도 늦게 트였다.

같은 또래의 아이가 옹알이를 그치고 단어를 구사할 때에도 집 아이는 그렇지 못했다. 한참이나 옹알이를 벗어나지 않는 아이를 보며 시부모님은 걱정이 이만저만이 아니었다.

"병원이라도 가봐야 하는 것 아니니. 얘보다 늦게 태어난 태호네 아들은 벌써 제 부모랑 말을 한다고 하더라. 아범은 일찍 말도 트고 한글도 알아서 깨쳤는데."

시어머니는 혀를 차며 아이의 머리를 쓰다듬었다.

어느 날은 아이가 특출 난 그림을 그려내자 남편의 끼를 닮아서 그렇다고 했다. 또 아이의 백옥 같은 피부는 남편의 유전자 때문이라고도 했다. 아이의 장점은 모두 남편의 몫이었다.

반면 내겐 늘 하자 있는 몫이 배당됐다. 느린 말에다 느린 한글 깨치기 등. 영재의 기운이라곤 찾아볼 수 없는 평범한 지능은 모두 나의 탓이었다.

그들의 논리대로라면 남편은 벌써 세상을 이끌어가는 인재여야만 했다. 하지만 남편은 평범한 사회 구성원일 뿐이었다. 하기야 평범한 일이 세상에서 가장 어려운 법이니까.

아이가 초등학생이 된 지 두 달이 될 때쯤 중간고사 시험 범위가 발표됐다. 금잔디초교는 학습능력을 고취시키고 향상시키겠다는 목적을 내세우며 학기마다 시험을 치렀다. 이제 막 한글을 떼고 국어 교과서를 읽는 것도 만만치 않은 아이에게 중간고사는 통과하기 힘든 관문이었다.

대수롭지 않게 생각한 첫 중간고사 날짜가 가까워오자 신경이 곤두서기 시작했다. 이왕 공부시키는 사립초교에 보냈으니 그 안에서 상위권 성적에 오르게 하고픈 욕심이 꿈틀댔다. 어쩌면 이번 시험을 계기로, 드러나지 않았지만 놀림의 대상이 되었던 지난날을 단번에 뒤집을 수 있겠다고 생각했다.

결심이 서자 곧장 대형서점으로 향했다. 국어와 수학 과목 만점 대비 총정리 문제집도 샀다.

바로 그날부터 학교에서 돌아온 아이를 붙잡아 책상 앞에 앉혔다. 중간고사를 딱 일주일 앞둔 날이었다.

"시험은 정말 중요하거든. 특히 이번 시험은 더 그래."

"엄마, 시험이 왜 중요해요?"

"시험을 봐야 배운 걸 얼마나 알고 있는지 확인할 수 있거든."

"배운 걸 왜 확인해요?"

"공부한 걸 제대로 아는지, 무엇이 부족한지 알아야 실력이 늘지."

"그럼 시험을 잘 볼 필요도 없잖아요. 아는 만큼만 열심히 볼게요."

"백점 맞고 싶지 않아? 백점은 박수도 받고 칭찬도 받고 남들이 부러워할 텐데."

"엄마, 백점이 뭐가 중요해요. 많이 틀릴수록 발전도 크죠!"

아이는 글은 한참이나 늦게 뗐지만 말은 누가 가르쳐 주지 않아도 곧잘 했다. 나는 백점의 성과를 위해 달콤한 약속을 내걸었다. 백점만 맞는다면 아무리 비싸더라도 원하는 장난감을 사주겠다는 조건이었다. 아이는 팽이놀이 세트를 외치며 백점을 맞겠다는 각오를 다졌다. 그것도 잠시뿐이었다.

아이는 문제집을 꺼내 펼치자 한숨부터 냈다. 문제를 푸는 속도는 더뎠다. 하품이 잦아졌고 머리카락도 자주 헝클어트렸다. 하나도 모르겠다는 말만 되풀이했다. 나는 속이 끓기 시작했다.

"이것도 몰라? 학교에서 배운 거잖아!"

"기억이 안 나요."

"아는 게 뭐야? 학교에서 뭐 했어?"

아이는 두 귀를 막고 소리를 질렀다.

"장난감 필요 없어요! 공부 안 할래요!"

바닥에 대자로 누워 울부짖는 아이에게 시험공부를 계속시킬 수가 없었다. 나는 펼쳐진 문제집을 덮고 아이의 방을 빠져나왔다. 억울함이 배여 있는 아이의 울음을 듣고 있자니 아이만 했을 때의 어린 내 모습이 떠올랐다. 하교 후엔 어김없이 이불을 펴놓고 낮잠부터 자던 나였다.

어렸을 때 나는 창가에 노을이 져서 주황빛의 따스함이 집 안으로 스며들 때 눈을 떴다. 나는 허기진 배를 잡고 저녁상을 기다렸다. 배를 든든히 채우고 나면 깨끗이 몸을 씻었다. 그리곤 이불 속에서 동생과 장난을 치다가 그대로 잠들었다.

나의 초등학교 1학년은 평안한 시간 속에 존재하는 느릿한 추억이었다.

아이가 공부를 하기 싫어하는 건 시대의 말마따나 내 탓인 듯했다. 공부에는 큰 욕심이 없어 보이는 아이를 보면 걱정부터 앞섰다.

나는 소파에서 한동안 일어나지 않았다. 그 사이 아이는 울음을 그쳤다. 서러운 감정을 몽땅 쏟아낸 듯 아이는 조용해졌다.

나는 방문을 사이에 두고 더 이상 시험공부는 시키지 않겠다고 아이를 달랬다. 고인 콧물을 푸는 소리가 크게 들렸다.

나는 엄마로서 때로는 비겁했다. 나는 그랬지만 너는 그러면 안 된다거나, 나는 못했지만 너는 잘해야 한다는 식으로, 나의 짐을 아이에게 전가시켰던 것이다. 아이는 내 짐까지 짊어지고 무거운 발걸음을 떼는 식이었다. 스스로 완벽하지 않으면서 아이에게만큼은 완벽을 내세우며 시정을 요구하는 체벌이 나는 당연한 줄 알았다.

잠시나마 비겁했던 나를 내려놓기로 했다. 아이에게 거는 기대를 내려놓은 것이다. 백점을 맞아야 미래가 휘황찬란하게 밝을 거라는 허무맹랑한 말보다, 삶을 열심히 사는 모습을 직접 보여주는 게 현명한 방법이라고 생각하기로 했다.

아이의 부족함만 지적하고 탓하기보다 나의 부족함을 알고 채워나가기로 했다. 아이의 하루 계획표에 엄마의 하루 계획표도 알차게 꾸며 넣고 싶었다. 아이에게만 걸었던 기대를 나 자신에게도 나누자 아이는 나를 보며 웃었다.

　나는 오늘도 기대에 부흥하기 위해 달리고 또한 넘어진다. 물론 아이도 나를 따라 숱하게 넘어진다. 아이와 나는 바닥에 뒹굴면서도 서로가 서로의 손을 잡아주며 일어선다. 막강한 팀이 된 우리는 팀워크만큼은 남들에게 뒤지지 않는다.

그깟, 시험

　유치원생과 초등학생 사이의 간극은 아파트 1층과 10층 사이의 높이만큼 격차가 컸다. 학생이 된다는 것은 제도권 교육을 받을 준비를 마쳤다는 것이기도 했고 유아에서 어린이로 한 단계 더 도약하는 것이기도 했다.

　12월 마지막 주에 태어난 집 아이는 제 또래를 따라가기에도 벅찬 유치원생 같은 초등학생이었다. 목덜미에서는 베이비 파우더향이 났다.

　학교에 입학하고 일주일을 보내는 동안 학교생활에 적응하지 못한 아이는 이불에다 자주 오줌을 지렸다. 유치원에서는 수업시간이 놀이시간과 같았는데, 아이는 초등학교에 입학하고 나니 공부시간이 늘었다고 투정을 부렸다.

"엄마, 학교에선 쉬는 시간이 제일 좋아요."

학교에 있는 내내 쉬는 시간만 즐겁다는 아이는 한 번도 그 마음을 바꾸지 않았다. 그럴 것이 1학년 1학기 중간고사를 보고난 이후로 아이는 생애 처음으로 열등감을 느낀 터였다. 공부와 시험이라는 일련의 과정들이 8살 아이에겐 야속하기만 했다.

생애 첫 중간고사 성적이 발표된 날, 백점을 맞지 못한 집 아이는 성적표를 가방 안에 깊숙이 넣었다. 아이는 집에 돌아와서도 가방을 멘 채 한동안 의자에 앉아만 있었다.

지쳐 보이는 아이를 일으키려고 나는 가방을 잡아 들었다. 그때 가방을 사수하려는 아이와 실랑이가 벌어졌다. 아이는 내 손을 거부하며 소리를 쳤다. 아이의 낯선 행동에 나는 뒤로 물러났다.

방안을 비추는 오후의 햇살은 눈부셨다. 햇빛에 아이의 얼굴에 난 솜털이 눈에 띄었다. 아이는 눈이 부신지 눈을 비비다가 책상 위로 몸을 엎드리고 잠에 빠졌다.

엎드린 아이에게서 조심히 책가방을 벗겼다. 품에 안기는 아이를 침대 위에 눕혔다. 시험 성적 발표가 있는 날인 걸 나는 알고 있었다.

아이가 깨지 않게 가방을 열었다. 시험지 두 장을 꺼내 오른편 상단에 적힌 빨간 점수를 확인했다. 국어 72점, 수학 68점.

아이를 좌절시킨 붉은색 점수는 보기에도 강렬했다. 왜 틀렸는지는 전혀 궁금하지 않았다. 그저 아이가 느꼈을 실망이 얼마나 컸을지 상상했다. 마음 한켠이 아렸다. 가방에 시험지를 넣고, 잠든 아이의 머리를 쓰다듬었다.

한 시간쯤 지났을까. 아이가 기지개를 켰다. 옆에서 지켜보던 나와 눈이 마주친 아이가 품에 안겼다. 키만 자란 아이에게서 여전히 아기 때의 채취가 느껴졌다.

아이는 기분이 좋아졌는지 책장에서 만화책을 꺼내 바닥에 엎드려 읽기 시작했다. 배가 고프다며 간식을 달라고 했고 사과가 맛있었는지 기분 좋게 흥얼거리기도 했다.

밝아진 아이가 다행이다 싶다가도 시험지의 빨간 점수가 다시 눈앞에 아른거렸다. 그날의 알림장엔 전달사항이 적혀 있었다.

'시험점수를 확인하고 부모님의 확인을 받은 후 다시 시험지를 가져옵니다.'

담임선생님의 메시지가 신경 쓰였다. 아이가 기분이 나아진 후에 시험지 이야기를 꺼내기로 했다. 사과를 먹고 있는 아이에게 다가갔다.

"오늘 시험지 가져오는 날이지? 엄마가 싸인 해줘야 하니까 가져와볼래?"

아이는 사과를 씹지도 않고서 내 눈을 바라봤다. 그리곤 읽고 있던 만화책을 들고 거실로 뛰쳐나가며 소리쳤다.

"엄마, 시험지를 깜빡하고 학교에서 안 가져왔어요."

나는 방금 전에 접어 넣어둔 가방 속의 시험지를 떠올리면서 아이의 가방을 바라봤다. 들통 날 거짓말을 하는 아이가 처음으로 낯설기만 했다. 거짓말은 나쁘다는 걸 알고 있으면서도 거짓말을 하는 아이가 낯설었다.

거짓말이 탄로 날 줄 알면서도 감추고 싶었던 건 분명 붉게 표시된 점수였다. 시험에서의 백점이 어떤 의미인지 가늠도 못 하는 아이였는데 이제는 스스로 판단하고 있다는 걸 알았다. 자신의 점수가 어느 정도인지 이미 교실 안에서 온전히 느끼고 온 듯했다. 점수를 보여주기 싫었는지 아이는 말을 돌렸다.

"엄마, 있잖아요."

아이는 뜸을 들이다가 말을 꺼냈다.

"저만 시험을 잘 못 본 것 같아요. 친구들은 백점 맞았어요."

나는 꾹 참았다. 자신의 점수를 부끄러워하는 아이 앞에서 더 이상 시험 점수를 묻지 않기로 했다. 이미 친구들과 비교당한 아이의 속상함에 마음이 울컥했다. 아이가 자꾸만 안타깝고 안쓰러웠다.

만화책을 보며 웃는 아이의 웃음소리가 들려왔다. 그 사이 나는 아이 몰래 가방을 열어 시험지 두 장을 꺼내 확인란에 서명한 후에 다시 가방 안에 넣었다. 아이가 있는 거실로 나왔다. 아이는 계속 웃고 있었다.

내겐 백점이 중요하지 않았다. 어린 아이를 닦달해서 얻어낸 백점으로 얻을 게 있다면 갈수록 커지는 기대감일 뿐이었다. 내 아이가 천재이거나 공부로 승부 볼 수 있을 거란 엄마의 착각이 커지는 것은 시간문제일 터였다.

내겐 68점이 백점에 결코 뒤지지 않은 점수였다. 그건 아이도 마찬가지였다. 백점의 만족감보다는 배워서 채워야 할 부족함을 아이가 먼저 깨닫게 된 것 같아 차라리 다행인지도 몰랐다.

아프면 고생이다

"엄마, 오늘 학교에 지우가 안 왔어."

"체험학습 간 거 아닐까. 봄이라서 날씨가 좋잖아."

이틀 뒤, 아이는 같은 말을 반복했다.

"엄마, 오늘은 석이랑 민교가 학교에 안 왔어. 놀러 갔나 봐."

입학하고 얼마 지나지 않아 등교를 하지 않는 아이들이 하나둘 늘기 시작했다. 월요일엔 한 명이, 수요일에는 두 명이, 목요일엔 다섯 명이 결석했다. 금요일 오전에서야 담임선생님의 공지 글이 메신저에 올라왔다.

'독감으로 아픈 친구들이 많이 결석했습니다. 아래 사항을 잘 지켜주세요. 야외활동 후에는 반드시 손 씻기, 기침할 때는

손으로 입 가리기, 사람이 많은 곳에서는 마스크 쓰기.'

며칠 전, 독감 유행주의보가 발령되었다는 뉴스를 접했을 때만 해도 대수롭지 않게 생각했다. 결석하는 아이들이 늘어날 때에도 그러려니 했다.

그러다 선생님의 메시지를 읽는 순간, 내 아이도 안전하지 않을 수 있겠다 싶었다. 불안했다. 나는 아이를 불러 세웠다.

"준우야, 손 씻자."

며칠 전, 독감이 유행한다고 예방주사를 맞히라는 시부모님의 걱정 어린 잔소리가 떠올랐다. 그깟 유행이라는 단어에 왜 그리 예민하게 반응하시는지, 나는 아이의 건강을 자신했다. 예방접종을 해도 걸릴 사람은 걸리는 게 독감이라고 나름의 판단까지 내린 터였다.

결석한 아이들을 확인해보니 준우의 앞자리나 옆자리에 앉은 아이들이었다. 나는 신경이 곤두섰다. 그날 밤 아이를 목욕시키는 화장실 안은 한 치 앞도 보이지 않을 만큼 습기로 가득 찼다.

이튿날 아침, 방안이 건조한지 마른기침을 하다가 잠이 깼다. 주방은 아침햇살로 환했다. 빈 컵을 들고 정수기로 향했다. 잠이 덜 깬 상태였다. 컵 안의 물은 아슬아슬하게 넘실댔다. 나는 물을 들이켰다.

반쯤 문이 열린 아이의 방에 눈길이 갔다. 자면서 이불을 차는 버릇이 있는 아이가 신경이 쓰였다.

아이의 방은 아직도 한밤이었다. 어둡고 조용했다. 잠든 아이의 발끝에 말린 이불을 끄집어냈다. 새우처럼 굽은 자세로 자고 있는 아이가 안쓰러웠다. 아이의 몸 위에 이불을 덮었고, 아이의 머리를 쓰다듬었다.

순간, 아주 미세했지만 불쾌감이 손끝을 타고 올라왔다. 불안감에 다시 한 번 아이의 이마를 짚은 후에 손을 뻗어 아이의 온몸을 더듬었다.

손끝에 전해지는 열기는 살아 있는 생물의 그것처럼 뜨거웠다. 불덩어리를 품고 밤을 보냈을 아이의 모습이 눈에 선했다. 아이의 입술은 바짝 말라 있었고 온몸이 늘어져 미동조차 없었다.

가슴이 내려앉았다. 하지만 내 과오를 질책하며 원망을 늘어놓을 겨를이 없었다. 급히 체온계를 가져왔다. 아이의 귀에 넣은 체온계가 그렇게 느리다는 걸 새삼 느꼈다. 체온계를 보면서 애간장이 녹았다.

'독감은 아니겠지.'

그때 삐 하고 소리가 났다. 체온계의 40.7이라는 숫자가 어두운 방안에서 선명했다.

"여보! 빨리 일어나!"

남편을 부르고 나는 바닥에 주저앉아버렸다.

시계는 7시를 알렸다. 남편과 나는 서둘러 옷을 갈아입었다. 남편은 아이를 등에 업고 빠르게 집을 나섰다. 캄캄한 현관에서 신발을 신으려고 허둥대는 사이에 엘리베이터가 도착했다. 건물 밖으로 나오자 햇살이 따가웠다.

다행히 집 앞에서 횡단보도를 두 번만 건너면 대형병원이 있었다. 우리 세 식구는 응급실을 향해 달렸다. 가깝고도 익숙한 병원이었는데 응급실을 통해 들어가니 조금은 낯설었다. 그것도 잠시, 어색한 기분마저 사치라고 생각했다.

아이를 응급실 베드에 눕혔다. 아이가 입고 있던 옷을 벗긴 의료진이 검사를 진행했다. 평소에 주사라면 진저리를 치던 아이가 이번에는 날카롭고 기다란 주사바늘이 살에 깊숙이 박혀도 꿈적하지 않았다. 그 모습을 보자, 주사 맞는 게 싫다며 떼를 쓰고 울어버렸던 아이가 간절해졌다.

한 시간쯤 후에 불덩이 같던 체온이 조금씩 떨어지기 시작했다. 그제야 긴장이 풀렸다. 대기실 맞은편으로 길게 설치된 거울이 보였다. 우리 가족이 그 안에 고스란히 비치고 있었다.

헝클어진 머리를 하고 부은 두 눈으로 힘없이 앉아 있는,

남편과 나였다. 남편은 발가락이 나온 슬리퍼를 신고 있었고 나는 신발을 짝짝이로 신고 있었다.

남편의 목 주위가 땀에 젖어 있었다. 그 모습이 볼품없기도 하고 우스워보였다. 나는 한참을 바라봤다.

응급처치로 아이의 열은 38도까지 떨어졌다. 몇십 분 전, 아이의 콧속으로 깊숙이 넣었던 면봉 검사 결과가 나왔다. B형 독감이었다.

같은 반에서 결석한 아이들이 떠올랐다. 한숨이 나왔다. 원무과에서 발급받은 병원 진단서에는 5일간의 격리가 무조건 필요하다는 문구가 적혀 있었다.

아이는 다시 남편의 등에 업혀 집으로 돌아왔다. 열이 나는 아이는 약 먹고 잠만 자면서 독감과 싸움을 벌였다. 아이는 3일 동안 이마에 물수건을 대고 누워 있었다. 발병 4일째, 차라리 내가 대신 아프길 바라는 마음뿐이었다. 밤하늘의 달은 밝았다.

다음날 아침, 새벽마다 아이 옆에서 새우잠을 자던 나는 잠에서 깨고 깜짝 놀랐다. 며칠 동안 몸이 축 늘어져 있던 아이가 침대 위에서 뛰어놀고 있었던 것이다.

아이는 아프지 않다며 웃고 있었다. 바닥에 엎드려 만화책을 보며 웃기도 했다. 며칠간 나는 잠을 설쳤지만 전혀 피곤하지 않았다. 마음의 굳게 닫힌 봉인이 풀어지는 느낌이었다.

그날 오후, 갑자기 피곤해졌다. 몸에서 한기가 느껴졌다. 이불을 덮고 방에 누웠다. 온몸이 욱신거렸다. 상태가 심상치 않았다. 밤새 열이 났고, 목엔 가래가 꼈고, 기침이 멈추지 않았다. 아이가 앓았던 증상과 똑같았다.

이튿날, 병원에서 독감 검사를 받았고 약을 처방받았다. 약 봉투를 들고 집으로 향했다.

눈에 띈 죽집에 들어갔다. 기운 없어 보이는 몇몇 손님들이 죽을 먹고 있었다. 포장된 호박죽과 소고기죽은 며칠간의 식사로 충분했다.

집으로 가면서도 기침은 멈추지 않았다. 콧물이 나와서 숨쉬기도 쉽지 않았다. 몸에 닿는 옷의 감촉도 신경을 자극하는 것만 같았다. 집에 들어오자마자 약을 먹었다. 열은 쉽게 가라앉지 않았고, 머리는 지끈거렸다.

집 정리를 마친 후에 배고프다는 아이를 위해 서둘러 식사 준비도 했다. 음식을 차리는 동안에도 몸 상태는 변하지 않았다. 밥상 위에 죽을 내놓았다. 온기는 사라지고 굳은 죽을 한 숟가락 떴다. 입안은 바싹 말라 있었다. 어떤 맛도 느끼지 못했다.

기침이 멎지 않자 물을 들이켰다. 아이가 비운 그릇 주위로는 밥알이 흩어져 있었다. 어수선한 주방과 아이의 물건으로 다시 어질러진 거실은 내 손길을 기다리고 있었다. 내겐 아픈 것도 사치였다.

어떤 세계 1

"안녕하세요. 1학년이시죠?"

나도 아이 때문에 1학년으로 불리는 날이 많았다. 1학년생 학부모 특히 엄마들의 눈빛은 공통적으로 생기가 있었고 호기심으로 가득했다. 또한 그들은 모두 친절한 표정을 짓고 있었다. 학부모 생활에 적응하는 그들의 좌충우돌하는 모습은 그들의 자식들과 다르지 않았다.

그날 아침, 어김없이 나는 맨 얼굴로 아이와 함께 정류장에 서 있었다. 누군가 내 어깨를 치면서 인사를 건넸다. 이른 아침에 마주한 그녀의 얼굴은 잡티 하나 없이 깔끔했다. 그녀는 손가방에서 휴대폰을 꺼내며 미소를 지었다.

"제 아이도 1학년 1반인데요. 서로 안면도 트고 정보도 공유하는 게 좋을 것 같은데, 어떠세요? 괜찮다면 우리 서로 번호 공유해요."

그녀는 내 전화번호를 저장했다. 그녀의 손가락은 하얗고 가늘었다.

집으로 들어오자마자 손목의 옷깃부터 걷어 올렸다. 그런 다음 침대를 정리해서 지난밤의 흔적을 없앴다. 김치 국물과 멸치 조각들이 널브러진 식탁도 깨끗이 닦았다. 설거지를 끝내고 청소기를 돌리려는데 휴대폰의 메시지 알림 소리가 울렸다.

광고 문자라고 확신했지만 오전에 연락처를 주고받던 그녀가 떠올랐다. 휴대폰을 집어 들었다. 손가락이 길었던 그녀가 나를 낯선 그룹 채팅방에 초대한 것이었다.

수신된 메시지는 늘어갔다. 여러 명에게 첫인사를 했다. 모두들 집 아이가 속한 반의 학부모였다. 스물 세 명의 엄마들은 모두 자식 이름으로 통성명했다.

채팅방에서는 맘이라는 호칭만 유효할 뿐, 사회적 지위나 명예 따위는 전혀 쓸모가 없었다. 오롯이 엄마의 역할이면 충분했다. 알림 소리가 울린 지 몇 분 지나지도 않았는데 채팅방은 사람들로 북적거렸다.

엄마들은 인사를 나누고 일상을 공유했다. 가장 마지막에 등장한 사람의 인사는 곧바로 뒤로 밀렸다. 그들과 주고받은 대화창에 웃음 표시를 자주 입력했지만 내 얼굴엔 어떤 표정도 없었다.

채팅 방 멤버들은 같은 그룹으로 묶인 것이 편하지만은 않았는지, 오가는 메시지는 두루뭉술한 표현들로 가득했다. 서로 거리를 두면서 문자로 적당하게 상냥함과 온화함을 표현할 뿐이었다. 그들을 따라서 나도 문자를 쓰는 내내 쓰고 지우고를 반복했다.

잠시 후 모두 함께 만나기로 한 오프라인 날짜가 정해졌고 서둘러 끝인사가 오갔다. 대화창은 며칠간 고요했다.

나는 학부모 모임 준비로 바빴다. 하얀 셔츠를 샀고 때 묻은 구두를 구두 방에 맡겼다. 평소엔 관리하지 않던 손톱에도 신경을 썼다. 거친 피부도 아쉬웠다. 푸석푸석한 머릿결도 손에 닿을 때마다 속상하기만 했다.

한 아이의 엄마로 사는 동안 여자로 사는 법을 까맣게 잊어버린 것만 같았다. 거울에 비친 내 모습에 한숨이 나왔다.

아이를 등교시킨 후에는 네일숍과 미용실에 갔다. 찰랑거리는 머릿결과 정돈된 손톱만으로도 금세 생기가 도는 듯했다. 하루에 하나씩 나를 위해 시간을 투자했다. 삶의 활력을 되찾는 것 같았다.

하지만 시간은 부족했다. 정오가 지나면 초등학교 1학년생이 하교했기 때문에 하루하루를 시간에 민감한 신데렐라처럼 살아야 했다. 내가 여성으로서 신데렐라로 살 수 있는 시간은 제한되어 있었다. 나는 오전을 항상 바쁘게 보냈다.

오래전부터 엄마도 여자라는 사실만큼은 새삼스러운 감정이 아니길 바랐다. 엄마가 되더라도 변치 않는 자기애로 날마다 변신을 꾀하고 싶었고 스스로에게 무한한 관심을 쏟고 싶었다.

나는 엄마가 된다 해도 청춘을 변함없이 유지할 줄 알았다. 그랬던 내가 아이를 낳고 엄마가 되고 보니 생각처럼 되지 않았다.

하루 동안 엄마와 아내의 역할을 오가는 것만으로도 시간은 부족했다. 여성으로서의 치장은 머릿속에서도 서서히 사라져갔다. 늘 당당하고 싶은 외적인 아름다움이 내 삶에서 멀리 떨어져 있다는 걸 알게 된 건 시간이 흐른 뒤였다.

어린 시절, 립스틱을 바르고 굽 달린 구두를 신은 엄마의 모습을 본 적이 있었다. 그럴 때마다 엄마가 엄마 같지 않았다. 여성스런 엄마의 모습이 그땐 왜 그렇게 낯설게 보였을까.

그런 엄마를 따라서, 화장을 하고 구두를 신은 요즘의 내 모습을 볼 때도 낯설기는 마찬가지였다. 엄마다운 건 어떤 모습인지 나 자신에게 묻고 싶었다.

학부모 모임이 있던 그날 아침에도 화장을 하는 내가 낯설었다. 그런 나를 바라보는 남편과 아이도 같은 느낌을 받았는지, 다른 사람처럼 보인다는 말을 되풀이했다. 결국은 나도 여자가 들어설 자리가 없는 엄마로서의 삶을 오랫동안 고수하며 살고 있었던 것이다.

어떤 세계 2

　나는 큼지막한 사각 거울 앞에 서 있었다. 머릿결은 빛났고 이목구비는 또렷했다. 핏기 없던 입술에는 붉은색이 돌았고 귀걸이는 방안의 빛을 전부 흡수한 듯 영롱했다. 거울을 이리저리 바라보자 신기하게도 낯선 내 모습에 금세 적응됐다.

　나는 옷장 선반에 놓인 가방을 꺼냈다. 특별한 날이 아니면 사용하지 않는 가방은 새것이라고 해도 좋을 정도였다. 허름한 나와 화려한 가방은 어울리지 않았다. 나 역시 내 엄마가 그러했듯이, 여자의 삶과 완전히 동떨어져 살고 있었다.

　나는 가죽 닦는 헝겊으로 가방의 틈새에 쌓인 먼지와 이물질을 조심스럽게 닦았다. 이마저 빛을 잃으면 안 된다는 절박

한 심정으로.

모임 장소에 마련된 주차공간은 크고 넓었다. 화려하고 강렬한 외관을 자랑하는 차들로 주차장은 가득했다.

"안녕하세요. 처음 뵙겠습니다. 준우 엄마입니다."

앉아 있던 여러 명의 엄마들이 일제히 나를 응시했다. 누군가는 내 눈을 바라봤고 누군가는 내 머리에서 발끝까지 빠르게 훑어보았다.

엄마로서 참석한 자리였지만 엄마로부터 분리된 여자들이 모인 자리였다. 나도 서둘러 엄마의 삶에서 분리된 여자의 자리를 찾아야만 했다.

그들 옆에는 저마다 신상 백들이 놓여 있었다. 나는 빈자리를 찾아 앉았다. 모든 게 불편했다. 모임은 조용했다. 그녀가 도착하고 나서야 정적이 깨졌다. 그녀의 외모는 그녀의 차키만큼 화려했다.

"반가워요. 혁이 엄마예요."

그녀의 카랑카랑한 음색은 다른 엄마들보다 활력이 넘쳤다. 그녀의 움직임에 시선이 갔다. 앉을 자리를 찾는 그녀와 눈이 마주친 나는 어색하게 눈인사를 건넸다. 마주앉은 그녀를 의식하지 않으려고 애써 다른 곳으로 시선을 돌렸다. 하지만 그럴 때마다 그녀의 목소리는 더 크게 울렸다.

카페 안은 사람들의 열기로 서서히 달아오르는 듯했다. 나는 따듯한 커피 잔을 두 손으로 움켜쥐고 앉아 서먹한 시간을 버텼다. 시간이 빠르게 흐르기만을 바랐다.

"어머나, 여긴 꽃밭이네요. 모두 너무 아름다우셔."

호들갑을 떨며 테이블 앞으로 다가오는 이가 있었다. 바짝 긴장된 공간의 분위기가 한꺼번에 깨지는 듯했다.

그녀는 등장에서부터 이목을 사로잡는 말을 쏟아내며 비어 있는 의자에 앉았다.

짧게 커트한 머리카락을 한쪽으로 넘겼고 가늘고 작은 눈에는 짙은 아이라인이 길고 굵게 뻗쳐 있었다. 눈을 깜빡일 때마다 눈을 감은 건지 뜬 건지 구분이 되지 않았다. 그녀는 크게 웃는 표정을 지으며 한사람씩 손을 잡고 인사를 나눴다.

자신을 영서 엄마라고 소개한 그녀는 자리에 앉자마자 사람들과 눈을 맞췄고 묘한 웃음을 지어보였다.

"다들 앳돼 보이시네요. 여기서 제가 제일 연장자 같은데요."

영서 엄마의 말에 혁이 엄마가 되물었다.

"혹시 나이가 어떻게 되시는지. 저는 올해 마흔이에요."

"불혹이시구나. 저는... 올해가 무술년이니까 벌써 쉰둘이네요."

그녀 둘의 대화를 들으면서 나는 놀랐다. 앉아 있던 엄마들도 나와 다르지 않은 듯했다. 한참이나 언니뻘인 영서 엄마를 대하는 것에 부담을 느꼈기 때문이다. 자신의 나이를 공개해버린 영서 엄마는 반은 존댓말 반은 반말로 사람들에게 궁금한 내용을 묻기 시작했다.

"자긴 몇 살이에요? 내가 맞춰볼까? 서른다섯?"

민망한 듯 얼굴을 붉히면서 한 엄마가 고개를 저었다. 영서 엄마는 조금 떨어져 앉은 사람에게도 수수께끼를 푸는 듯 나이를 맞춰 보겠다고 안간힘을 썼다.

영서 엄마가 몸을 움직일 때마다 옆구리에 티셔츠가 달라붙었다. 영서 엄마의 호기심이 거의 해소될 때쯤 누군가가 걸어왔다. 처음 뵙겠다며 고개를 살짝 숙이는 그녀를 영서 엄마가 다가가 맞았다.

"제일 늦게 오셨지만, 반가워요."

"안녕하세요. 많이 늦어서 미안합니다."

"그런데 나이가 어떻게 되세요? 저랑 비슷해 보이시는데."

그녀는 당황한 기색이 역력했다. 영서 엄마의 시선을 피할 길이 없자 그녀가 체념한 듯 대답했다.

"올해 쉰하나고요. 장군이 엄마입니다."

하얀 피부의 얼굴에 굴곡진 곳이 하나 없던 그녀의 나이를 듣자마자 앉아 있는 사람들이 일제히 박수를 쳤다. 영서 엄마가 나이를 밝혔을 때보다도 훨씬 놀라는 기색이었다. 장군이 엄마는 그 기세를 타고 말을 계속했다.

"장군이는 마흔 넘어서 낳은 하나뿐인 아들이에요. 아이를 품에 안기까지 오랜 시간이 걸렸어요. 결혼도 늦었는데 난임이 라서 이것저것 안 해본 시술이 없었어요."

장군이 엄마는 자리에 앉자마자 묻지도 않은 자신의 과거 를 거리낌 없이 꺼냈다. 그녀는 손때 묻은 토트백을 가슴에 안 고 있었다.

참석자 대부분은 서로에 대한 궁금증과 호기심을 드러내지 않으려고 안간힘을 쓰면서 장군이 엄마의 말에 집중했다. 모두 들 안타까운 마음으로 장군이 엄마를 바라봤다. 다시 한 번 우 렁찬 목소리가 사방을 깨우는 듯했다.

"장군이는 너무나 어렵게 얻은 귀한 아들이랍니다. 여러분, 우리 장군이 잘 부탁드릴게요."

나는 세상에 귀하지 않은 자식이 어디 있을까 싶었다. 장군 이 엄마의 자식 사랑이 유별나 보였다. 나는 장군이 엄마의 시 선을 피했다.

멀찌감치 떨어져 앉아 있던 영서 엄마가 커피 잔을 들고 일 어섰다. 그녀는 장군이 엄마의 옆자리로 자연스럽게 다가가 기 어코 틈을 만들었다. 그러자 연쇄반응처럼 옆으로 밀려난 사람들이 끄는 의자 때문에 소음이 났다.

두 사람은 서로만의 시간을 갖느라 주변의 이야기들은 외면했다. 어느새 장군이 엄마 옆으로 영서 엄마가 거의 붙다시피 앉아 있었다. 두 사람은 소곤댔지만 웃음소리는 컸다.

주변에 앉아 있던 사람들이 그들과 거리를 두려고 의자를 조금씩 움직이며 멀어지기 시작했다. 옆자리에 앉은 사람들의 날카로운 시선은 눈치 채지도 못한 채 호탕한 웃음을 짓는 두 사람이 우스꽝스럽게 보였다.

모임에 참여한 지 한 시간쯤 지났을까. 엉덩이가 저렸다. 나는 화장실을 간다는 핑계로 자리에서 자주 일어났다. 갈수록 모임의 분위기는 어색하기만 했다.

잠시 후 참석자 앞에 접시가 놓였다. 다양한 음식들이 뷔페식으로 여러 테이블에 마련되어 있었다. 가지런히 컷팅된 과일과 계란 묻힌 빵과 햄과 야채가 듬뿍 얹어 있는 메뉴에는 손이 가지 않았다. 모임의 어색한 분위기 탓인지도 몰랐다.

사람들 틈을 비집고 들어가서 식사할 자리를 찾기도 쉽지 않았다. 숨이 막히는 기분이었다. 테이블 위에 놓인 각자의 접시는 깨끗한 편이었다. 그중에 영서 엄마와 장군이 엄마의 접시는 음식이 담겼던 흔적이 잔뜩 묻어 있었다.

학부모 모임은 마치 탐색전 같았다. 서로가 나누는 대화에

귀 기울이며 인품을 짐작했고 외모에서 풍기는 분위기로 경제적인 수준을 점쳤다. 값비싼 장신구나 가방을 통해서 사람을 판단해서는 안 되었지만 자꾸만 시선이 끌려 호기심이 생기는 건 어쩔 수 없었다.

혁이 엄마는 그런 면에서 많은 이들의 시선을 모았고 끊임없는 질문을 받았다. 그녀는 호탕한 성격에다 내숭까지 없었다. 그녀가 입을 열기라도 하면 자리에 앉은 모든 여자들의 시선은 그녀를 향했다. 그들은 고개를 끄덕이거나 리액션을 크게 하는 것으로 혁이 엄마에게 관심을 표했다.

특히 주언이 엄마의 행동은 튀었다. 혁이 엄마가 포크를 들고 과일 한 조각을 찍어 입에 가져갈 때 맞은편에 앉은 주언이 엄마가 말했다.

"어쩜 언니는 먹는 것도 그렇게 우아하세요?"

혁이 엄마의 얼굴이 순간 환한 조명이라도 받은 듯했다. 직장에서도 서열이 있듯이 학부모들의 세계에서도 서열이 존재했다. 친해지고 싶은 사람에게 잘 보이고 싶어서라도 잘하고 싶은 행위는 그 안에서도 필요했다. 그래서 주언이 엄마를 바라보는 사람들의 시선은 곱지만은 않았다.

그때마다 나는 헛기침을 내면서 물을 마셨다. 앞에 놓인 접시는 비워져갔다. 떠나야 할 때를 확인한 듯 하나둘 옷을 챙기기 시작했다.

자리에서 일어나 카운터 앞으로 걸음을 옮긴 사람들은 일인당 부분 결제를 하기 시작했다. 계산을 하기 위해 열댓 명이 일렬로 줄을 섰다. 앞에 선 사람이 1만 4900원을 카드로 결제하면 뒷사람이 같은 금액을 결제하는 식이었다. 목에 건 아이디카드를 찍고 퇴근하는 회사원들의 모습과 비슷했다. 카운터에서 계산하고 있는 직원은 피곤해보였다.

계산을 마친 사람들은 주차장에서 각자의 차에 올라타며 다시 한 번 인사를 나눴다. 차에 탄 후로도 운전석 창문을 내리고 인사를 건넸다. 그 때문에 차종과 얼굴이 잊히지 않을 정도였다.

외제차들이 줄지어 빠져나간 후에 나는 남편 차를 끌고 주차장을 나왔다. 아이의 하교 시간은 30분 남짓 남아 있었다.

잔뜩 차려입은 옷 때문에 운전하는 것이 불편했다. 외투를 벗어 조수석에 놓았다. 옷자락이 기어박스를 스치자 소리가 들렸다. 신호 대기 중에 기어박스를 들여다보였다. 하얀색 플라스틱 껌통이었다.

껌통에서 동그랗고 하얀 껌 두어 개를 집어서 입안에 넣었다. 쌉쌀하고 매운 맛에 입안이 얼얼했다. 대신 허탈하고 쌉쌀한 기분은 가시는 듯했다. 껌을 씹고 또 씹었다. 매운맛이 사라지면 다시 새 껌을 씹었다. 껌통이 바닥을 보이는 건 시간문제였다.

그날 오후, 나는 아이가 학교에서 받아온 유인물을 꺼내며 준비물을 챙기라고 언성을 높였다. 휴대폰의 메신저 알림 소리가 계속 울리자 아이가 탁자 위에 놓인 휴대폰을 가져와 내밀었다. 그새 내 말끝은 흐려졌다.

휴대폰을 확인하니 나도 모르는 새로운 채팅방에 초대되어 있었다. 오전에 만났던 같은 반 엄마들이 대화를 나누고 있었다. 방 멤버는 4명뿐이었다. 누군가에게 초대받은 것이 과연 좋은 것인지 확신하기 어려웠다.

1학년 1반 스물세 명 정원의 학부모 단체 채팅방은 시간이 멈춘 듯 고요했다. 나는 비밀모임의 회원이라도 되는 듯 새로운 모임에 들어갔다.

대화창들이 계속 쏟아졌고 초대한 자와 초대받은 자들의 교감이 짜릿하게 펼쳐졌다. 가장 위에 있는 혁이 엄마의 글부터 읽기 시작했다.

"다들 잘 들어가셨죠? 오늘 정말 반가웠어요. 단출하게 얘기 나누고 싶어서 몇 분만 초대했어요. 혹시 아이들이 축구 좋아하나요?"

방 멤버는 혁이 엄마, 주언이 엄마, 영서 엄마 그리고 나까지 모두 네 명이었다. 혁이 엄마의 글 아래로 방 멤버의 찬성한다는 이모티콘이 달려 있었다. 나도 참여의 뜻을 내비쳤다.

순식간에 축구팀이 결성됐다. 단순히 축구팀 결성을 위한 모임만은 아니었다. 그것은 호기심과 열정을 기반으로 정보력까지 갖추고 싶었던 학부모의 기대가 만든 또 하나의 모임이었다.

초등학교 1학년 학부모는 하루하루가 바빴다. 유치원 때의 교육과는 뭔가 달라야 한다는 선입견 때문에 주변의 이야기에 지나치게 민감했다.

아이들에게 박물관 투어와 미술관 투어 그리고 간간이 일회성 놀이현장 체험 등 틈날 때마다 다양한 프로그램을 체험하게 했다. 그러기 위해선 아이 몇몇을 모아서 팀을 꾸려 움직이는 게 편했다.

혁이 엄마는 4학년생 큰딸이 있어선지 다른 엄마들보다 뭐든지 앞서서 행동했다. 이제 처음으로 학부모가 되는 엄마들은 선배 엄마격인 혁이 엄마가 이끄는 대로 무조건 따랐다.

"그럼 수요일 저녁 5시에 축구 수업, 목요일 오후엔 수영을 하는 건 어때요?"

"너무 좋죠. 우리 주언이도 혁이랑 함께 배우면 좋을 것 같아요."

누구 하나 반대하면 소외당할 것만 같았다. 할 수 없이 나도 수영 수업에 함께하기로 했다. 그렇게 축구팀은 수영팀이 되기도 했고 박물관 투어팀이 되었다가 미술관 투어팀이 되었다.

아이는 하루하루가 바빴다. 나도 아이를 실어 나르느라 눈코 뜰 새 없었다.

팀을 짜고 움직이는 건 어찌 보면 서로를 구분 짓는 것이었고, 간극을 벌어지게 하는 것이었다. 축구팀에 들어가지 못해서 엄마를 원망하는 아이들도 있었다. 나는 그런 아이들의 원망을 다른 누군가의 입을 통해 들을 때마다 마음 한구석이 아렸다.

내가 속한 모임은 축구팀 합류 의사를 밝히는 다른 학부모들에게 찬성의 뜻을 내비치지 않았다. 한 팀을 이룬 엄마들은 멤버 이외의 사람들을 이방인 대하듯 했다. 구성원이 늘어나면 팀의 분위기가 흔들릴 수 있다며 기존 멤버들만의 결속을 다지기를 원했다. 나는 그럴 때마다 대단히 높고 두꺼운 벽 앞에 선 기분이었다.

이상한 세계에서는 이상한 것이 한둘이 아니었다. 물론 이상한 것이 잘못된 것은 아니었다. 그저 내게 평범하지 않을 뿐이었다.

서로를 탐색하고 구분 지어 세력을 확장하는 생존방식은 삶에 있어 어쩌면 평범한 것인지 모른다. 그런 평범함을 이상한 잣대로 바라보는 내가 이상한 세계에 갇힌 것만 같았다.

축구와 아이

매주 목요일은 아이가 축구를 하는 날. 아이는 목요일을 손 꼽아 기다렸다. 일주일 내내 묵혔던 달리고 싶은 욕구를 한 방에 푸는 날이었기 때문이다. 동네에서 운영하는 축구교실은 같은 또래끼리 팀을 구성했다.

아이들이 실컷 뛰어놀 수 있는 때는 이때뿐이었다. 아파트에서는 층간소음 때문에 까치발로 다녀야 했고, 학교에서는 정숙해야 했기 때문이다. 매주 축구장은 아이들의 열기로 뜨거웠고 강렬한 분위기를 뿜어냈다.

유니폼에는 집 아이가 좋아하는 숫자 1번과 이름이 나란히 적혀 있었다. 유니폼을 입는 아이에게서는 비장함이 풍기는 듯했다. 아이는 전신거울 앞에서 유니폼을 입은 자신의 모습을 바라보았다. 현역 축구선수라도 된 듯 어깨에는 힘이 잔뜩 들어가 있었다.

아이는 현관에서 축구화로 갈아 신고는 나를 재촉했다. 수업 시간을 훨씬 앞서서 축구장을 향하는 아이의 발걸음은 가볍고 경쾌했다.

축구장이 가까워졌다. 아이는 축구장을 향해 뛰어갔다. 아이를 놓치지 않으려고 나도 힘껏 뛰었다.

경기 시작 십 분 전이었다. 몇몇 아이들은 연습을 하고 있었다. 비슷한 몸집의 아이들이 하나둘 유니폼을 입은 채 운동장 안으로 들어갔다.

운동장 안의 열기는 서서히 달아올랐다. 경기가 시작된 지 얼마 지나지 않았는데도 아이들의 유니폼은 땀으로 흥건했다.

몸이 지칠 만도 한데 누구 하나 힘들다는 아이가 없었다. 아이들은 맘껏 달릴 수 있는 시간을 쉽게 얻을 수 없다는 걸 알고 있었다.

집 아이가 상대편을 따돌리고 골대로 향했다. 상대편 골키퍼 앞에서 가로막힌 아이는 같은 편을 찾았지만 보이지 않았다. 슛을 하지 않고 골대에서 멀리 떨어져 있는 팀원에게 공을 찼다. 안타깝게도 공은 상대편의 발을 맞고 멀리 날아갔다.

아이는 찬스 때마다 팀원의 지원을 받지 못했다. 상대편도 팀워크에 문제가 있기는 마찬가지였다. 전반전은 무승부로 끝났다.

아이들이 운동장을 빠져 나갔다. 하나같이 시뻘게진 얼굴이었다. 물을 마시며 열기를 식힐 때에도 골을 넣지 못한 것을 아쉬워했다. 잘하고는 싶은데 마음처럼 되지 않는다는 집 아이를 다독였다. 축구는 혼자만 잘한다고 이길 수 있는 운동이 아니며, 골을 넣는 것만큼이나 패스하는 것이 중요하다고 강조했다.

잠시 후 휘슬이 울렸다. 아이들이 운동장으로 뛰어 들어갔다. 후반전이 시작되자 아이가 속한 팀이 경기의 주도권을 잡았다. 전반전처럼 혼자서만 공을 차지하려고 하지 않고 패스 위주로 경기를 펼쳤다.

아이들이 상대편 골대 앞으로 향했다. 두 명이 패스를 주고받더니 기어코 골을 넣었다.

후반전 10여 분 만에 넣은 골이었다. 아이들이 환호성을 질렀다. 이어서 후반전 종료를 알리는 휘슬이 울렸다. 집 아이가 속한 팀이 1대0으로 승리했다.

아이는 감격스러워했다. 아이가 달려와 내 품에 안겼다. 팀의 승리를 자랑스러워하는 아이를 껴안았다.

'울 아들, 제일 잘했어!'

입 밖으로 꺼내고 싶은 말이었다. 하지만 꾹 참았다.

축구와 엄마

매주 목요일마다 축구장으로 나설 때 내 걸음은 아이보다 느렸다. 어쩔 수 없이 마주쳐야 하는 축구팀의 엄마들 때문이 었다. 나는 엄마라는 위치에서 다른 아이의 엄마를 만나는 일이 부담스러워 자주 긴장했다.

학창시절의 친구들이나 직장을 함께 다닌 동료들을 만날 때와는 그 느낌이 전혀 달랐다. 맞지 않은 남의 옷을 입은 것 처럼 어색할 뿐이었다. 하지만 나는 아이를 위해서 학부모들과 모나지 않은 관계를 적당히 유지하려고 했다. 불편한 감정은 드러내지 않았다.

운동장에서는 아이들이 땀 흘리며 공을 차고 있었고, 엄마들은 운동장이 바라다 보이는 카페 안에서 커피를 마셨다. 숨이 차고 얼굴이 뻘겋게 달아오른 아이들을 흐뭇하게 바라보는 게 엄마의 역할인 것만 같았다.

엄마들은 약간은 긴장하고 있는 듯했다. 그들은 서로에 대한 궁금증을 꽁꽁 숨기면서 아슬아슬한 선을 타고 있는 것처럼 보였고, 시간이 흐를수록 서로를 알고 싶은 욕망이 커지는 듯했다. 같은 공동체의 구성원인 타인의 삶이 궁금한 건 당연한 일이기도 했다. 자신의 수준을 따지는 데에 비슷한 연배보다 적절한 상대는 없었다.

하지만 나는 말을 아꼈고 그들 옆으로 다가가지 않았다. 내세울 것 없는 내 삶을 어떤 식으로든 멋지게 표현할 방도가 없어서였다. 그래서 그들이 살아온 행적이 궁금하더라도 나는 묻지 않았다.

그런 생각은 나만 한 게 아니었다. 그들도 말수가 없었고 미소만 지었다. 세 번째 축구 수업까지 카페 안의 분위기는 조용했다.

네 번째 축구수업이 있던 날, 옷깃 사이로 보드라운 바람이 스쳤다. 나는 걸치고 있던 얇은 재킷을 벗었다. 서너 발 앞서 가는 아이를 따라가느라 숨은 턱까지 차올랐고 콧잔등에는 땀이 맺혔다.

운동장 앞 카페에서 커피를 마시는 혁이 엄마와 주언이 엄마가 보였다. 아이를 운동장 안으로 들여보내고 그들에게 인사했다. 긴장했는지 헛기침이 나왔다. 비어 있는 자리를 확인하고 혁이 엄마의 옆자리에 가방과 외투를 내려놓고 카운터로 향했다.

"아이스 아메리카노 한 잔 주세요."

말이 끝나기가 무섭게 갑자기 등에 충격이 전해졌다. 예상치 못한 고통에 비명을 지르며 고개를 돌렸다. 등 뒤에는 영서 엄마가 태연하게 미소까지 지으면서 나를 보고 서 있었다. 등이 욱신거리기 시작했다.

영서 엄마가 내 어깨를 문지르면서 옆으로 가까이 다가와 얼굴을 내밀었다. 그리곤 아주 친근한 말투로 속삭였다.

"준우 엄마, 흰 티 안에 브래지어 끈이 다 비치네. 뭐라도 걸치고 나왔어야지."

영서 엄마는 대뜸 자신이 입고 있던 털이 달린 빨간 외투를 내 어깨에 걸쳐주었다. 그녀는 카드를 내밀며 내가 주문했던 아이스 아메리카노와 자기가 주문한 뜨거운 아메리카노를 함께 계산했다. 등의 따가운 통증에 신경이 쓰인 나는 그녀의 민첩한 배려에는 관심이 없었다.

카페 안으로 오후의 눈부신 햇살이 들어왔다. 점원이 투명한 유리 창문을 열었다. 카페에서 흘러나오는 음악은 바람을 타고 사방으로 흩어졌고 운동장에 퍼지는 아이들의 외침은 카페 안에서도 들렸다. 상쾌한 바람이 불었다. 하지만 내 등은 여전히 아렸다.

엄마들은 한참 동안 대화를 나눴다. 나는 말없이 커피만 마셨다. 운동장에서 종료 휘슬이 울렸고 아이들이 운동장을 빠져나왔다. 환하게 웃으며 아이가 달려오자 나는 두 손을 흔들었다.

엄마들 품으로 안기는 아이들은 한목소리로 승리를 알리면서 기쁨을 감추지 못했다. 나는 팀의 승리를 자랑하는 아이의 말을 들어주었고 아이의 머리를 쓰다듬으며 품안으로 깊숙이 안았다. 그러나 그들은 달랐다.

"우리 주언이, 정말 잘했어!"

주언이 엄마의 말이 끝나기가 무섭게 혁이 엄마도 혁이의 머리를 쓰다듬으면서 말했다.

"혁아! 알지? 너 오늘 정말 멋졌어!"

혁이는 뭔가 해냈다는 눈빛으로 주언이를 곁눈질 했다. 그러자 주언이 엄마가 더 크게 외쳤다.

"우리 주언이가 제일 잘했어! 네가 최고야."

주언이 옆에 있는 혁이 엄마가 혁이의 머리를 쓰다듬었다.

"우리 혁이가 진짜 최고지!"

부모의 눈은 모두 제 자식에게만 향했다. 그들은 서로에게 지지 않으려고 칭찬 릴레이를 계속했다. 아이들이 속한 축구팀의 승리는 중요하지 않았다. 다른 사람들 앞에서 제 자식의 자존감을 세우는 것만이 그들이 원하는 것이었다. 하지만 아이의 자존감은 밖에서만 세워줄 수 있는 건 아니었다.

가정에서도 자존감이 설 수 있는 기회는 얼마든지 있었다. 이를테면 자기 방을 치우거나 숙제를 하거나 또는 심부름을 하는 아이에게도 자존감을 충분히 세워줄 수 있었다.

혁이 엄마와 주언이 엄마는 서로의 비교를 통해 아이의 자존감을 인정받고 싶어 했다. 그런 방법이야말로 가장 강력한 한 방이 되어 내 아이를 우뚝 세울 수 있을 거라고 믿고 있는 것만 같았다.

혁이와 주언이는 만날 때마다 티격태격했다. 둘은 가장 친하면서도 서로를 견제하는 라이벌이었다. 그래서 상대방을 이겼을 때에 가장 큰 희열을 느끼는 듯했다.

그날도 혁이와 주언이는 서로 자기가 더 잘했다며 목소리를 높였다. 아이들의 말싸움이 몸싸움으로까지 번지려 하자 엄마들이 나서서 아이들을 떼어놓았다.

혁이와 주언이는 누가 더 잘했는지 확인하지 못하고 흐지

부지하게 끝나서인지 분을 삭이지 못했다. 입만 삐죽거리며 서로를 흘겨봤다.

　매주 축구 수업이 끝나면 모두 서둘러 집으로 돌아갔다. 그러나 볕이 따스해지고 봄바람이 불기 시작하자 엄마들도 카페에 더 머물기 시작했다. 완연해지는 봄 날씨를 핑계 삼아 카페에 머무는 시간이 길어졌다. 아이들은 운동장으로 몰려나가 공을 차기 시작했다.

함부로, 사진을

엄마들이 만나면 이야기가 끝없이 이어졌고 갈수록 대화의 주제도 다양해졌다. 한편으론 눈치껏 서로를 조금 더 깊이 탐색했다. 자리를 함께한 사람들만 대화의 소재는 아니었다.

어느 날은 한 번도 만나지도 못한 여자가 대화에 등장했고, 또 어느 날은 한 번 본 게 전부인 여자가 대화의 소재로 소환되기도 했다.

그럴 때면 기다렸다는 듯 여기저기서 말이 쏟아져 나왔다. 그들과의 만남은 서로의 고유한 삶을 깊이 들여다볼 수 있는 기회이기도 했다.

나는 말을 하면서도 늘 불안했다. 괜히 말했나 싶은 생각이 자주 들었고, 어떻게 대답을 해야 할지 몰라 당황하기도 했다.

아무렇지 않게 오가는 말 속에는 곱씹어보면 굉장히 날카로운 말들도 많았다. 뜬금없는 말 때문에 엄마로서 남몰래 삭이거나 덮어버린 때도 많았다.

어떻게 해서든 엄마들은 같은 반 엄마들과 좋은 관계를 유지하고 싶어 했다. 나도 그랬고 다른 엄마들도 그렇게 보였다.

"자긴 헤어스타일 좀 바꿔야겠어요. 긴 머리가 정말 안 어울려."

영서 엄마는 만날 때마다 한 사람을 콕 집어서 외모에 대한 자신만의 비평을 늘어놓았다. 이번에는 은호 엄마를 겨냥했다. 영서 엄마는 다른 여자를 지칭할 때에 매번 '자기'라는 호칭을 썼다.

처음부터 그렇지는 않았다. 어느 아이의 엄마인지 영서 엄마의 생각회로에서 매칭이 잘되지 않자 결국 자기라는 호칭으로 통일해버린 것이었다. 그 때문에 영서 엄마가 멀리서 '자기야'라고 부르면서 걸어올 때는 누구를 부르는지 몰라 모두 동시에 고개를 돌렸다.

영서 엄마는 직설적이었다. 그런 말투 탓에 상대방의 기분을 자주 흔들어 놓았다.

그날도 학교 앞 벤치에 앉아서 커피를 마시는 은호 엄마에게 영서 엄마는 아무렇지 않게 그 같은 말을 건넸던 것이다. 평소와 다름없는 말투였고 가벼운 억양이었다. 집중하지 않았다면 칭찬처럼 들릴 수도 있었다.

말수가 적었던 은호 엄마는 순간 귀가 빨개지고 두 뺨이 벌겋게 상기되었다. 그녀는 당황하는 표정을 감추지도 못한 채 커피만 들이켰다. 벤치에 함께 앉아 있던 다른 엄마들은 애써 못 들은 척하는 것 말고는 은호 엄마를 도울 방법이 없었다.

며칠 후, 학교 앞에서 은호 엄마를 만났다. 그녀의 머리카락은 짧아 있었다. 나는 그녀의 짧은 머리카락을 보자마자 안쓰러웠다. 은호 엄마는 흔들리는 눈빛을 감추면서 말했다.

"태어나서 처음 해본 단발머리예요. 막상 잘라보니 괜찮은 것 같긴 한데, 시원섭섭하네요."

단발머리가 정말로 잘 어울린다고 그녀를 위로하고 싶었다. 그때 호들갑스럽게 반기는 목소리가 들려왔다. 영서 엄마였다. 그녀는 두 손바닥을 맞대고 눈을 동그랗게 뜨면서 서둘러 은호 엄마 쪽으로 다가갔다.

"맞네, 맞아. 호호호. 거봐, 자기 단발이 훨씬 예쁘다니까."

은호 엄마는 어이없는 표정을 지으며 영서 엄마를 흘겨보았다. 영서 엄마는 아랑곳하지 않고 흡족한 표정을 지었다. 그날따라 커피 맛은 썼다. 날씨는 맑았지만 커피 향은 코끝에만 머물렀다.

　은호 엄마는 몸을 돌려 머리를 쓸어내렸다. 영서 엄마가 자리에서 일어났다.

　"단발머리 자기야, 여기 좀 봐요!"

　앉아 있던 사람들의 시선이 영서 엄마에게 쏠렸다. 영서 엄마가 휴대폰을 가슴 높이로 들어 올리곤 양 발을 앞뒤로 벌린 채 상체를 뒤로 젖혔다. 휴대폰 조명이 번뜩였고 카메라 셔터 음이 연속적으로 들렸다.

　얼마 후 저마다의 휴대폰에서 동시에 알림 음이 들려왔다. 활성화된 건 스물 세 명의 같은 반 엄마들의 단체 채팅방이었다. 영서 엄마가 방금 전에 찍었던 사진들을 단톡방에 업로드한 것이었다.

　아무렇게나 찍힌 사진들이 그대로 펼쳐 있었다. 그중에는 무엇을 찍었는지 알 수 없을 정도로 포커스가 맞지 않은 사진도 있었다. 그중에는 은호 엄마가 찍힌 사진이 적지 않았다. 그녀의 단발머리의 앞과 뒷모습뿐만 아니라 옆과 위의 모습까지도 사진에 담겨 있었다.

　은호 엄마는 스크롤을 내리며 어색한 자신의 모습을 보고 놀랐다. 벤치에 앉아 사진을 바라보는 모든 엄마들의 표정도 은호 엄마와 같았다. 영서 엄마만 다른 표정을 짓고 있었다.

영서 엄마는 타인을 대상으로 이를테면 허락받지 않은, 도촬을 즐겼다. 취미라도 되는 듯했다. 그 즐거움은 오롯이 영서 엄마만 느끼는 쾌감이었다. 사진에 찍힌 엄마들은 눈을 감거나 입이 벌어져 있었고 흰 눈동자만 보였다.

찡그린 내 얼굴이 카메라 앵글을 집어 삼킬 정도로 큼지막하게 찍힌 사진도 있었다. 나는 그 사진을 지우고 싶어서 이리저리 버튼을 눌렀다. 내가 나온 사진인데도 내 마음대로 삭제하지 못하는 것이 분했다.

영서 엄마의 웃음소리가 귀에 거슬렸다. 손가락으로 화면을 밀어내며 괴상한 사진을 마주하는 엄마들의 시선도 싸늘해졌다. 순간 은호 엄마가 자리에서 일어나 가버리는 바람에 영서 엄마의 보라색 가방이 바닥에 떨어졌다.

"깜짝이야. 어딜 급하게 가신데."

학교를 빠져나가는 은호 엄마를 보면서 영서 엄마가 말했다. 눈치 없는 그녀의 말이 끝나자마자 나도 가방을 들고 일어났다. 앞으로 쏠린 긴 머리카락을 뒤로 넘기고서 나는 요란하게 구두소리를 냈다. 영서 엄마가 보란 듯이.

그날 이후로 수업 시간에 쫓겨 축구장으로 갈 때에는 매번 헝클어진 머리와 옷차림에 신경이 쓰였다. 영서 엄마의 타깃이 되는 게 무엇보다 싫었다.

축구장 앞 카페의 유리문 모퉁이에 처음 보는 작고 네모난 팜플렛이 붙어 있었다. 1년 전에 붙인 글이었다. 늦게 확인한 것이 애석하기까지 했다.

'어머님들의 걷는 불편을 덜어드리고자 축구장 셔틀버스를 운행합니다. 등하원을 안전하게 책임지겠습니다. 2019년 9월 부터 운행 시작!'

채팅과 새 떼

아이가 학교에 입학한 지 한 달이 지났다. 학교에서는 공식적인 행사를 알리기 위해 일주일 전부터 각 집에 알림장을 보냈다.

'4월 10일 오전 10시부터 1,2교시 공개수업을 진행합니다. 교실로 늦지 않게 참석하여 주십시오.'

공개 수업이 있던 날 오전 6시. 평소보다 한 시간 일찍 잠자리에서 일어났다. 간밤에 잠을 설쳐서인지 눈은 충혈되었다. 화장이 잘 흡수되도록 얼굴에 붙이고 잔 수분 팩은 바닥에 떨어져 있었다.

세안을 마치고 퀭해 보이는 눈을 손바닥으로 눌렀다. 손바닥에 전해지는 떨림이 낯설었다.

학부모로서 처음 참석하는 공개수업이 그렇게까지 긴장될 줄은 상상도 못 했다. 한글도 떼지 못하고 학교에 입학한 아이 때문만은 아니었다.

학교 수업에 뒤쳐질 거라는 의심을 떨치지 못한 나는 아이의 실력이 다른 엄마들에게 탄로 날까 봐 두려웠다. 그게 걱정스러웠다. 늦게 일어나 아침식사를 하는 아이에게 당부를 잊지 않았다.

"오늘 수업시간에 맘대로 자리에서 일어나면 안 돼. 짝꿍이랑 말도 하지 말고. 발표할 때는 또박또박하고. 준우, 엄마 말, 알았지?"

나는 자리에서 일어나려다 말고 다시 의자에 앉았다.

"엄마 왔다고 자꾸 뒤돌아보지 말고, 큰소리로 선생님께 질문도 하고. 오늘 잘할 수 있지?"

들리는 말로는 수업시간에 돌아다니는 아이, 장난만 치느라 집중하지 못하는 아이들이 꼭 있다고 했다. 장난꾸러기들인 아이들은 일부 학부모에겐 요주의 인물과도 같았다.

나는 내 아이가 다른 엄마들의 입에 오르내리는 것이 싫었다. 그래서 아침부터 아이 옆에 붙어서 타이르고 부탁했다. 아이는 내 말에는 관심이 없었다. 아이는 건성으로 고개만 끄덕였다.

할 일이 산더미였지만 전신 거울 앞에 한참을 서 있었다. 적당한 의상을 고민했다. 화려하게 튀고 싶지 않았지만 초라하거나 성의 없어 보이기도 싫었다.

옷장 깊숙한 곳에 팔을 뻗어 세탁소 비닐이 벗겨지지 않은 트렌치코트를 꺼냈다. 수없이 옷장을 열고 닫은 후에 고른 최선의 옷이었다. 그럼에도 아직 학부모의 태가 나기엔 어설펐다. 이것 또한 1학년 준우와 다를 게 없었다.

학교 운동장은 주차된 차들로 빽빽했다. 택시를 타고 온 나는 주차를 못 해 대기하는 차들을 앞지르며 교실로 걸어갔다.

"준우 엄마, 여기요."

축구팀 엄마들은 1학년 1반 뒷문 앞에 모여 있었다. 혁이 엄마가 손을 흔들며 나를 불렀다. 그들은 유별나게 뭉쳐 있었다. 그렇게까지 친하지도 않았지만 그날따라 유난히 친하게 보였다. 나는 그들에게 다가가 인사했다. 익숙한 목소리가 들렸다.

"여기 다 모여 있었네요. 다들 신경 많이 썼네요."

영서 엄마였다. 괜찮아 보인다는 말 한마디면 될 것을 그녀의 말은 항상 찝찝한 여운을 남겼다. 무난하게 꾸민 나와는 달리 번쩍이고 화려하게 치장한 엄마들도 많았다.

그중 혁이 엄마는 초록색의 트렌치코트를 걸쳤고 금색 펄이 빛나는 하이힐을 신었다. 주언이 엄마는 청바지에 힐을 신고 네이비블루의 자켓을 어깨 위에 걸쳤다.

영서 엄마의 모습 또한 눈길을 끌기에 충분했다. 흰 면바지에 허리끈이 있는 흰색 자켓을 걸치곤 바짝 허리를 잡아 당긴 모습이었다. 목에는 빨간색 머플러를 둘렀다. 아이라인도 평소보다 두껍게 그려선지 인상이 더욱 강해보였다. 누가 봐도 한눈에 시선을 사로잡는 그녀였다.

"신경 써야 할 자리 아닌가요."

혁이 엄마가 영서 엄마에게 대꾸했다. 영서 엄마가 입을 실룩거리더니 혁이 엄마를 응시했다. 고심하는 눈치였다. 그때 내가 영서 엄마의 팔이라도 붙잡을걸. 곧바로 영서 엄마가 말문을 열었다.

"혁이 엄마, 봄의 여신 같아요! 난 이런 독특한 컬러가 좋더라."

"예쁘게 봐주셔서 고마워요."

"근데 아까 멀리서 보니까. 초록색 벌판 위를 뛰노는 한 마리 메뚜기랄까. 호호호."

"메뚜기요? 표현이 좀 지나친 것 같은데요."

"이그, 장난이에요, 장난. 질투 나서 그런 걸 가지고. 호호호."

혁이 엄마의 낯빛이 내가 신고 있던 버건디 컬러의 구두 빛처럼 변해갔다. 혁이 엄마가 몸을 돌렸다.

영서 엄마는 천연덕스럽게 여러 사람과 인사를 나누며 복도를 활보했다. 영서 엄마가 멀어질수록 혁이 엄마의 낯빛도 원래의 모습을 되찾았다.

"안녕하세요. 전에 본 적이 있죠. 장군이 엄마예요."

깔끔한 단발머리에 뿔테 안경을 낀 장군이 엄마가 내게 인사를 건넸다. 그러면서 고개를 숙이며 인사하려는 내 손을 잡았다.

"저, 준우 엄마. 말할 게 있어요."

"네. 말씀하세요."

"우리 장군이가 준우 때문에 상처를 받은 것 같아요."

"네? 준우가 왜요?"

"준우가 자꾸 우리 장군이에게 대갈장군이라고 놀리나 봐요. 별명 붙여 부르는 거, 아이들 정서에 많이 안 좋은 거 아시죠?"

"준우가요? 집에 가서 알아 듣게 주의를 줄게요. 정말 죄송해요."

"모르셨군요. 다음부터는 그런 일이 일어나지 않도록 잘 좀 부탁해요. 우리 장군이는 4대 독자예요. 제가 정말 어렵게 얻은 귀한 아들이거든요. 아이가 학교에서 상처를 받고 오면 저도 너무 마음이 아파요. 꼭 좀 부탁드려요."

나는 고개를 연신 숙이며 죄송하다고 했다. 그렇게까지 죄송할 일인가 하면서도 숙여지는 고개를 멈출 수가 없었다.

외려 미안함보다는 두려운 마음이 앞섰다. 말 한마디로 학교폭력위원회가 열린다는 요즘의 세태를 모른 척 할 수가 없었다. 거기다 장군이 엄마의 치마폭은 여느 엄마들의 그것보다 크고 넓기로 유명했다.

장군이 엄마는 매일 아이의 일거수일투족을 물으며 같은 반 엄마들에게 시도 때도 없이 연락해 아이들에게 좀 더 주의를 기울여줄 것을 부탁했다.

나는 여느 엄마들처럼 장군이 엄마와 거리를 두려고 자리를 옮겨 다녔다. 1학년 1반의 뒷문이 열리더니 담임선생님의 가느다란 목소리가 들렸다.

"학부모님께서는 교실로 들어오셔도 됩니다."

장군이 엄마가 가장 먼저 교실로 들어갔다. 그녀는 곧바로 장군이를 부르며 1분단 가장 뒷자리에 앉아 있던 장군이에게 다가가 껴안았다. 입실하는 엄마들은 장군이 모자의 모습을 보면서 당황했다.

학부모들은 구두 굽 소리를 줄이며 걸었다. 부부가 동행한 집도 있었다. 조용한 교실을 기대했지만 교실 안은 엄마와 아빠를 찾는 흥분된 아이들의 함성으로 가득 했다.

나는 2분단 뒷자리에 앉아 있는 준우를 보고 조용히 손을 흔들었다. 준우는 입술을 오므리더니 마지못한 척 한 손을 들었다. 아이들은 저마다 엄마와 아빠와 설레는 눈빛을 교환했다. 그런데 준우의 짝꿍 민지는 달라보였다.

민지는 누구와도 시선을 마주치지 않았고 턱을 괴고 멍하니 앉아 있었다. 나는 준우 때문에 민지에게도 시선이 갔는데 민지는 단 한 번도 교실 뒤쪽으로 눈길을 주지 않았다. 그러고는 연필만 만지작거리면서 혼잣말만 했다.

"난 혼자서도 잘하는 아이야. 난 괜찮아."

아이들이 떠드는 소리에 묻힐 뻔했지만 나는 민지의 말을 들을 수 있었다. 담임선생님의 얇고 가녀린 목청이 심하게 흔들렸다. 통제되지 않는 흥분한 아이들을 진정시키기엔 역부족이었다. 가느다란 팔뚝으로 지시봉을 잡고 흔드는 선생님의 말씀에도 아이들은 쉬지 않고 떠들었다. 이때 익숙한 목소리가 들렸다. 영서 엄마였다.

"1반 친구들, 쉿! 선생님 말씀에 집중해야지요."

영서 엄마의 날카로운 고음은 아이들을 한순간에 진정시켰다. 그렇게 교실은 조용해졌지만 무거운 분위기에 휩싸였다.

수업 종료를 알리는 멜로디가 들리자 교실 안은 활기를 띠었다. 학부모들이 뒷문으로 빠져나갔다. 나는 복도에 서 있는 영서 엄마 앞을 빠르게 지나갔다. 휴대폰을 만지고 있는 그녀가 불안하기만 했다.

그날 저녁, 스물세 명의 반 학부모들이 속한 단체 채팅방의 알람이 울렸다. 알람 음은 멈추지 않았다. 한두 개의 메시지가 아닐 수도 있겠다는 생각이 들었다. 곧바로 휴대폰을 켰다.

채팅방에 수십 장의 사진이 올라와 있었다. 공개수업이 끝나자마자 교실 문을 나서는 엄마들을 영서 엄마가 무작위로 찍어서 올린 사진들이었다. 역시 하나같이 포커스가 맞지 않은 사진들뿐이었다.

"오늘 정말 반가웠어요. 여러분. 이렇게 한 반이 되어서 너무 기뻐요. 소중한 순간을 그냥 지나칠 수가 없어서요. 모두 오늘의 추억을 되새기며 즐거운 밤 되시기를."

사진 속 얼굴들은 정상적인 모습을 찾아보기 힘들었다. 채팅방의 어느 누구도 영서 엄마의 대화창에 답변을 달지 않았다. 단 한 사람의 공감도 얻지 못한 것이었다.

단체 채팅방 위로 새로운 알람이 울렸다. 새롭게 개설된 채팅방이었다. 방의 멤버는 나와 혁이 엄마, 주언이 엄마, 은호 엄마, 장군이 엄마였다. 혁이 엄마가 새로운 채팅방에 글을 남겼다. 채팅방은 금세 활성화 된 듯 말풍선으로 가득했다.

"채팅방에 올라온 사진 보셨나요? 저 정도면 사생활 침해 아닌가요?"

"도저히 이해하기 어려운 분은 멀리하는 게 좋겠어요."

"맞아요. 이제는 여기서 우리끼리만 얘기해요."

"남의 모습을 함부로 사진으로 찍고 공개적으로 올리는 건 망신 주는 거잖아요. 생각할수록 열 받네요."

영서 엄마의 사진에 누구 할 것 없이 단단히 화가 난 듯 했다. 오가는 대화들로 뜨거운 채팅방 외의 다른 두 개의 채팅방은 조용했다. 하나는 스물세 명의 반 엄마들이 모여 있는 채팅방이었고, 다른 하나는 영서 엄마가 포함된 축구팀의 채팅방이었다. 나는 불순물을 거르듯 사람도 거르는 것만 같아서 마음이 불편했다.

무리를 지어 하늘을 날아가는 새떼를 본 적이 있었다. 하늘에 수를 놓은 듯 장관이었다.

나는 활성화된 새로운 채팅방을 보면서 새떼의 무리를 생각했다. 무리에 속하지 못한 새들은 낙오된 것일까, 아니면 혼자만의 비행을 즐기는 것일까. 새들이 생존을 위해서 무리를 지어 다닌다면 사람은 무엇 때문에 무리를 만드는지를 생각했다.

새 한 마리가 무리에서 멀어진 새를 돌아보며 날개 짓을 하는 듯했다. 낙오되면 죽을 수도 있는 살벌한 세상이 바로 이곳이라며 뒤를 애처롭게 바라보는 듯했다.

물에는 경계선이 없다

생존수영은 초등학생의 필수 운동이기도 해서 아이들은 수영의 기본기를 배워야 했다. 축구에 이어서 수영 수업이 시작됐다.

몇몇 학부모들은 영서 엄마가 없는 새로운 채팅방에서 스케줄을 맞췄고 수영 수업을 월요일 5시로 정했다. 어느 누구도 영서 엄마를 언급하지 않았다. 나도 영서 엄마의 부재에 안도감을 느꼈는데 다른 엄마들도 비슷한 기분을 느끼고 있는 듯했다.

수영장은 통유리 창 때문에 안이 훤히 다 보였다. 수영하는 아이들과 지켜보는 엄마들이 유리창을 사이에 두고 나눠졌다.

유리창 앞으로 테이블 몇 개가 놓여 있었다. 수업 전부터 혁이 엄마와 주언이 엄마가 큰 테이블을 차지했다.

나는 그들 옆으로 다가가 인사하고 짐을 풀었다. 이어서 은호 엄마가 들어왔다. 대기실은 곧 화기애애해졌다. 수업 전이었지만 처음 온 아이들은 선생님의 지도를 받으면서 탈의실로 들어갔다.

조용한 대기실 안으로 구두 굽 소리가 울렸다. 흥이 오른 두 아이가 우리 앞에 멈춰 섰다. 장군이와 영서였다. 두 아이를 보자마자 앉아 있는 엄마들의 눈이 휘둥그레졌다. 아이들의 인사를 받을 틈도 없이 장군이 엄마와 영서 엄마가 함께 들어왔다.

"두 분이서 같이 오셨네요."

혁이 엄마의 인사에 장군이 엄마가 당연하다는 표정을 지었다. 그녀는 한껏 눈썹을 치켜 올렸다.

"그럼요. 채팅 방에 영서 엄마가 안 계시길래 제가 날짜와 시간을 알려드렸지요. 마침 집도 근처여서 같이 왔어요."

"아, 잘 하셨네요."

혁이 엄마의 말끝이 흐려졌다. 정말 잘한 일을 한 것처럼 어깨에 힘이 실린 장군이 엄마는 영서 엄마를 언니라고 부르며 살뜰히 챙겼다. 평소 아무 말이나 불쑥 내뱉던 영서 엄마가 머뭇거렸다. 물 한잔을 마신 그녀가 입을 열었다.

"내가 와서 불편해요?"

아무도 대답하지 않았다. 불편하기도 했지만 미안한 감정 때문이기도 했다. 누구도 말을 하지 않자 장군이 엄마가 팔짱을 끼고는 말했다.

"낮말은 새가 듣고 밤말은 쥐가 듣는다고 했어요. 함부로 다른 사람 얘기하지 않으면 좋겠어요."

미동 한 번 없던 주언이 엄마가 되받아쳤다.

"무슨 말씀 하시는 거예요? 사진 찍힌 거 기분 나빠서 말한 건데 그게 왜요? 뭐가 잘못됐나요?"

그러자 혁이 엄마도 격앙된 목소리로 말했다.

"일단 깜빡하고 영서 엄마를 초대하지 못한 건 미안한 일이에요. 그런데 영서 어머님도 상대방 동의 없이 사진 찍고는 보란 듯이 채팅방에 올린 게 잘한 일은 아니죠."

나는 당황했다. 물건을 훔치려고 공모하다 들킨 듯 그 자리에서 꼼짝도 못 하고 두 손을 들고 벌을 서는 기분이었다.

은호 엄마까지 나서서 사진 때문에 겪었던 수난을 토로했고 모두들 영서 엄마를 못마땅하게 여겼다. 하지만 영서 엄마는 몸을 등받이에 젖혀가며 소리 내어 웃었다.

"나는 그 순간을 기억하고 싶어서 찍었는데 여러 사람이 내 의도를 잘못 알고 있는 줄은 꿈에도 몰랐네요. 기분 나빴다면 미안해요. 커피 한 잔씩 할래요? 내가 살게."

영서 엄마는 언짢은 표정을 숨길 새도 없이 자리에서 일어나 밖으로 나갔다.

잠시 후 그녀가 따뜻한 아메리카노 다섯 잔을 가지고 돌아왔다. 영서 엄마는 테이블 위로 커피를 내려놓으면서 자신을 외면하려는 시선을 어떻게든 붙잡으려고 애를 썼다.

"자기야, 기분 좀 풀어."

커피의 온도도 마음에 들지 않았다. 나와 은호 엄마는 애써 한 모금 들이키는 시늉을 하고서 다시 잔을 내려놓았다. 혁이 엄마와 주언이 엄마는 커피 잔에 입 한 번 대지 않았다. 잔뜩 뿔이 나 있었다. 절대 풀고 싶지 않은 고집 같은 게 느껴졌다.

그녀 둘은 수영장의 유리창만 바라보았고 영서 엄마의 눈길이 부담스러운 듯 피했다. 그들 앞으로 커피를 내미는 영서 엄마의 손이 머쓱해 보일 정도였다. 커피 한 잔의 무게는 그 정도로 무겁지는 않았다.

수영을 처음 배우는 아이들은 난간에 걸터앉아 발만 담그고 물장구를 쳤다. 물방울이 눈에 들어가면 얼굴을 찡그리고 손으로 닦아내기 바빴다. 하지만 친구들과 함께여서 그런지 모두 웃고 있었다. 6명의 아이들은 그렇게 물을 가까이하기 시작했다.

반면 아이들과 유리창을 사이에 둔 6명의 엄마들은 저마다 마음이 틀어져 있는 모습이었다. 차가운 물에 엉겨 붙은 커피믹스의 분말처럼 한 곳에 있어도 좀체 섞이지 않는 엄마들이었다. 유리창에 성난 시선만 꽂은 채 자신의 아이가 손을 흔들면 곧바로 손을 흔들다가 다시 팔짱을 끼는 행동만 반복했다.

저마다 가시밭길을 걷는 시간처럼 느끼는 듯했다. 나는 앞에 놓인 커피를 한 번에 절반이나 마셨다. 영서 엄마가 나를 보고 눈웃음을 지었다.

"맞은편에 있는 카페에서 사 온 거예요. 스페셜티 원두를 직접 가져와서 로스팅을 한대요. 커피에 대한 사장님의 자부심이 대단하더라고요. 커피 괜찮죠?"

영서 엄마는 묵혀둔 말들을 쏟아냈다. 진작부터 그 말을 하고 싶은 듯했다. 흥분한 말투였다.

"맛있네요. 향도 강하고 뒷맛도 깔끔하고요."

내 대답에 콧방귀를 뀌는 혁이 엄마와 주언이 엄마 때문이었을까. 아니면 단번에 들이킨 커피 때문이었을까. 가슴이 답답했다. 물 마시고도 체하는 느낌일지 모른다고 생각했다. 코끝에 머문 향기로웠던 커피향이 어느새 거북하게 느껴졌다.

물장구만 치던 아이들은 가슴까지 차오르는 깊이까지 들어갔다. 아이들은 등 뒤에는 부포를 달았고 파란 킥판을 두 손으로 잡았다.

준우는 순간적으로 몸이 물 위로 뜨자 신기해했다. 나는 준우의 모습을 사진에 담으려고 자리에서 일어났다. 테이블에서 멀찌감치 떨어지자 꽉 동여맨 단추가 풀리고 체증이 사라지는 느낌이었다.

그들과 멀리 떨어진 곳에서 나는 준우에게 손을 흔들었다. 준우도 손을 흔들고 물장구를 치며 앞으로 나아갔다. 어려서부터 물을 무서워했던 준우가 친구들과 노느라 물에 대한 공포도 잊은 것만 같았다. 준우는 발끝이 바닥에 닿지 않는 조금 깊은 곳에서도 제법 속도를 높였다.

수업이 막바지에 다다랐을 때 선생님은 아이들의 등에 달려 있는 부포를 뗐다. 안전장치 없이 물속에 들어간 준우는 놀라서 난간을 잡았다. 준우의 겁먹은 눈빛은 멀리서도 느낄 수 있을 정도였다.

발끝이 바닥에 닿지 않는 데에서 오는 막연한 두려움 때문인 듯했다. 하지만 준우는 물장구를 치면서 난간을 붙잡고 있던 손을 잠깐씩 떼는 동작을 반복했다. 난간을 잡지 않고도 물속에서 뜰 수 있다고 확신했는지, 준우의 표정이 부드러워졌다. 수영장 안의 유리창은 뿌옇게 습기로 덮여지고 있었다.

수영 수업이 끝나고 샤워를 마친 아이들이 엄마들에게 달려가 안겼다. 준우의 물기 젖은 머리털의 감촉이 느껴졌다. 준우를 감싸고 있는 물기는 두려움을 이겨내서 얻어온 훈장의 기운 같았다.

나는 품안에 깊숙이 안긴 아이의 머리를 천천히 쓰다듬어주었다. 다른 아이들도 깊은 물속에서의 첫 수영을 잊지 못하겠다는 듯 벅찬 소감을 끊임없이 풀어냈다. 물 위로 떠보겠다는 힘찬 의지를 이야기했고 좀 더 멀리 헤엄치겠다는 비장한 각오를 자랑하기도 했다. 맞서기 전에는 쉬워 보이지 않지만 막상 맞서면 어렵지 않다는 걸 아이들은 깨달은 듯했다.

아이들은 벌써부터 다음번 수영 수업을 기대했다. 그런데 장군이만 표정이 밝지 않았다.

"엄마, 내가 수영할 때 혁이가 내 앞으로 먼저 가는 바람에 발에 맞아서 이쪽 팔이 많이 아팠어요. 그리고 주언이는 아까 나보고 느림보 장군이라고 놀렸어요."

"야, 니가 너무 천천히 가서 그런 거잖아."

장군이 엄마가 눈을 부릅뜨고 주언이를 응시했다. 서운한 감정을 억누르지 못한 장군이 엄마가 혁이 엄마에게 다가갔다.

"저기, 혁이 엄마. 우리 장군이가 좀 예민해요. 조금만 스쳐도 많이 아파하거든요. 혁이가 좀 조심해줬으면 좋겠어요."

"혁이가 일부러 그런 것도 아닌데요. 수영하다보면 몸이 닿을 수도 있고요. 그런 건 조심하는 게 아니라 장군이가 스스로 받아들여야 하는 거죠."

혁이 엄마는 성가시다는 듯이 앞에 선 장군이 엄마의 어깨를 밀치고는 두 발을 쿵쿵대며 나갔다. 장군이 엄마의 어깨가 떨렸다. 주언이 엄마가 주언이의 손을 잡고 걸음을 뗄 때 장군이 엄마의 날선 목소리가 들렸다.

"주언아, 다음부턴 장군이한테 별명 부르면 안 돼. 그럼 못써!"

주언이 엄마가 장군이 엄마를 차갑게 응시했다. 주언이 엄마가 아이를 바짝 끌어안고 서둘러 수영장을 빠져나갔다.

다음 수영 수업이 있을 때까지도 채팅방은 고요하기만 했다. 다시는 수영 수업에 나오지 않을 친구들을 예상하며 나는 아이와 수영장을 향했다.

벌써부터 혁이 엄마와 주언이 엄마가 지난번 앉았던 자리를 차지하고 있었다. 그들과 인사를 나누자마자 구석진 곳에서 익숙한 목소리가 들려왔다.

"오셨네요, 준우 엄마."

영서 엄마와 장군이 엄마가 내게 손을 흔들었다. 인사를 건넨 내게 자신들이 있는 쪽으로 오라고 손짓했다. 장군이 엄마와 영서 엄마는 세 개의 테이블을 사이에 두고 주언이 엄마 일행과 떨어져 앉아 있었다.

두 부류의 마음의 거리도 딱 그만큼 멀게 느껴졌다. 나는 머뭇거리다 주언이 엄마의 손길에 못 이기는 척 가까운 자리에 합류했다.

뒤이어 도착한 은호 엄마도 나와 비슷한 상황에 처하자 내 옆자리에 마지못해 착석했다. 4대2. 중간에 휴전선이라도 그어진 듯 대립 구도가 펼쳐졌다.

한 공간에 있으면서도 단 한 번도 시선을 교환하지 않았고 서로의 공간도 침범하지 않았다. 두 집단은 평화협정을 지키는 분단된 국가 같았다.

나는 그들의 신경전이 불편했다. 그런데 살얼음판 같은 분위기 속에서도 수영 수업이 진행되는 여러 날 동안 단 한 명의 결석자는 없었다. 서로가 서로를 의식하느라 대기실 안의 공기만 차갑게 얼어붙을 뿐이었다. 반면 멀찌감치 떨어져 있는 엄마들과는 달리 아이들은 천진난만한 웃음을 지으며 분단 없는 물 위를 자유로이 가로지르고 있었다.

쇼핑의 심리학

"이건 어때 보여요?"

혁이 엄마는 거울 앞에서 포즈를 취했다. 사이즈가 맞았지만 허리와 팔뚝에 옷감이 달라붙자 그녀는 옷의 디자인을 문제 삼으며 다시 피팅룸에 들어갔다. 나는 혁이 엄마가 모델로선 패션쇼에 와 있는 기분이었다. 벌써 네 번째 옷을 갈아입는 중이었다.

예정된 쇼핑은 아니었다. 주차가 편한 백화점에서 만나기로 하고 개점시간에 맞춰 약속을 정했을 뿐이었다.

때 이른 점심식사를 마치고 여성복 매장에 들리자 혁이 엄마의 행동이 눈에 띄게 빨라졌다. 그녀는 진열된 옷을 들춰보며 한쪽 팔에 맘에 드는 옷들을 차곡차곡 쌓았다. 누구의 시선에도 아랑곳하지 않고 피팅룸을 들락거리며 카멜레온 같은 변신을 했다. 그때마다 주언이 엄마의 탄성과 박수가 힘차게 이어졌다.

끝날 기미가 보이지 않는 혁이 엄마의 환복쇼에도 주언이 엄마는 계속 감동했다. 혁이 엄마를 향한 주언이 엄마의 열렬한 지지는 변함이 없었다. 언제부턴가 혁이 엄마와 주언이 엄마는 끈끈한 동지애가 바탕이 된 의좋은 관계로 발전했다.

아이들이 같은 반이 된 지 석 달밖에 안 됐지만 두 사람은 둘도 없는 사이가 되었다. 그 때문에 나는 혁이 엄마와 주언이 엄마를 함께 만날 때마다 고독과 고립을 느꼈다. 한편으론 부러운 마음도 들었다. 아이와 같은 반 엄마들과 이렇게 두터운 관계를 맺을 수도 있구나 싶었다.

하지만 그들에게 다가가고 싶지는 않았다. 내 생각에 같은 반 엄마들과의 관계는 적절한 자기장을 필요로 하는 것이었다. 그렇게 거리를 적당하게 두는 것이 서로를 위해 필요하다고 생각했다.

나는 그들을 뒤로하고 매장의 옷들을 둘러봤다. 손끝에 닿는 옷감이 하나같이 부드러웠다. 격식을 차리는 곳에 어울리는 세련되고 독특한 디자인들이었다. 내겐 생소한 브랜드였지만 그들에겐 익숙한 브랜드였다.

얼핏 보아도 평범한 옷이 아닌 것만 같아서 옷 뒤에 매달린 가격표를 뒤집어보았다. 숨이 막힐 정도의 가격표가 보이자 빠르게 진열대에 옷을 다시 걸었다. 사지도 못할 거면 걸치는 것도 사치인 것만 같았다.

나는 옷을 뒤적이다 멈췄다. 비싼 옷을 이리저리 걸치는 혁이 엄마의 행동이 경망스럽게 느껴졌다. 옷의 가격을 확인하고부터는 혁이 엄마가 조금은 달리 보였다. 마지막으로 입어보았던 외투 한 벌을 거리낌 없이 계산하는 혁이 엄마였다. 그렇게나 풍요로운 경제력의 배경이 무엇인지 궁금했다. 하지만 나는 아무 말도 하지 않았다.

내 속마음을 눈치 챘는지 주언이 엄마가 옆으로 와서 입을 가리면서도 큰 목소리를 냈다.

"역시, 사모님은 씀씀이가 달라. 그렇죠?"

왜일까. 굳이 사모님이라고 칭하는 이유가. 내 표정을 살핀 주언이 엄마가 입을 열었다.

"몰랐어요? 혁이 아버지가 우리 동네에서 접합수술 잘하기로 유명하잖아요."

"전혀 몰랐어요. 혁이 아버지가 의사이신 줄은..."

주언이 엄마가 내 팔을 치며 대답했다.

"수, 의, 사."

세 글자를 강조하는 주언이 엄마의 말투에는 힘이 실려 있
었다. 순간 주언이 엄마는 묘한 표정을 지었다. 나와 주언이 엄
마의 대화를 모르는 혁이 엄마는 계산대 앞에서 점원과 대화
하면서 웃고 있었다.

우리 일행은 오래 머물렀던 매장을 나왔다. 로고가 새겨진
커다란 쇼핑백을 어깨에 두른 혁이 엄마를 향해 직원이 큰소
리로 인사했다. 혁이 엄마의 표정은 뿌듯함과 당당함으로 가득
차 있었다.

주언이 엄마가 혁이 엄마에게 다가가 팔짱을 꼈다. 옷도 주
인을 잘 만나야 한다면서 주언이 엄마가 혁이 엄마를 추켜세웠
다. 조금 전 주언이 엄마가 내게 보인 묘한 표정과는 전혀 다른
표정이었다.

나는 쇼윈도에 걸린 화려한 옷들을 바라보았다. 눈부신 쇼
윈도는 내겐 보이지 않는 장막과 다를 바 없었다. 씁쓸했다. 대
리석 바닥을 걷고 있는 내내 홀로 외딴 세상에 들어온 기분이
었다.

주언이 엄마와 나는 커피를 사겠다는 혁이 엄마를 따라 카
페가 있는 곳으로 걸음을 옮겼다. 오전에는 한가했던 카페가
정오가 지나자 사람이 많아졌다. 간신히 빈 테이블에 짐을 풀

고 커피를 주문했다.

테이블 주변은 시끄러웠다. 나는 혁이 엄마가 건네 준 커피를 마셨다. 목이 말랐는지 양껏 커피를 마신 주언이 엄마가 혁이 엄마 쪽으로 몸을 기울이면서 의자를 바짝 끌어다가 그녀 옆에 붙어 앉았다.

"언니, 향수 어떤 거 쓰세요? 향이 정말 좋은데요."

그들의 대화가 불편했다. 나는 주언이 엄마가 말할 때마다 왠지 거북했다. 주언이 엄마는 나와 혁이 엄마보다 한 살이 적었다. 그녀는 혁이 엄마에게 언니라는 호칭을 부르면서 서열을 가렸지만 내겐 준우 엄마라고 부르며 평등한 선을 탔다.

"참, 준우 엄마, 나 뭐 좀 물어봐도 돼요?"

나는 주언이 엄마에게 고개를 끄덕였다.

"준우 아빠는 뭐하세요?"

"열심히 일하고 있겠죠."

생뚱맞은 내 대답에 주언이 엄마가 웃음을 떠트렸다.

"그게 아니라, 어떤 일 하시냐고요."

주언이 엄마의 당돌한 질문에 나는 더 이상 묻지 말라는 뉘앙스로 말끝을 흐렸다. 다시 그녀가 말을 걸까 봐 커피를 연거푸 들이켰다.

같은 반 학부모가 되자 엄마들은 서로의 형편이 궁금해졌

다. 서로가 서로를 궁금해 하는 건 당연했다. 누구든지 처음에
는 호기심이 넘치는 법이니까. 하지만 지나친 호기심은 상대의
눈살을 찌푸리게 했다.

예를 들면 어떤 이는 어디에 사느냐는 질문으로 아파트의
시세를 조용히 점쳤고, 몇 동에 사느냐는 질문으로 아파트 평
수를 짐작했다. 또는 자차의 로고를 따져가며 '있고 없고'의 기
준을 정했다. 그리고 남편의 직업으로는 그 집안의 종합적인 형
편을 가늠했다.

그러자 내가 지닌 모든 가시적인 것들에 신경이 쓰이기 시
작했다. 그것으로 나를 섣불리 판단하려는 사람들의 시선이
부담스러웠다. 그 때문에 같은 반 학부모 모임이 있는 날이면
비싸 보이는 옷을 걸치거나 화려한 가방을 들고 모임에 나서는
일이 잦았다. 그럴 때마다 어색함 때문에 속이 뒤틀렸다. 보이
는 것으로 치장해서 얻은 누군가의 시선으로는 결국 한 줌의
행복도 사지 못했다.

기다린다는 것

누군가를 기다리는 것은 내 시간을 흔쾌히 내어주는 것이기도 하다. 다시는 되찾지 못할 나의 유일한 시간을 타자에게 기꺼이 내어주는 것이기 때문이다. 그러니 기다려준다는 말보다 고마운 말이 세상에 또 있을까.

엄마라는 이름표를 달고 가장 많이 하는 일은 기다림이었다. 아이가 처음으로 입을 뗄 때까지 마음을 졸였고, 걸음마를 뗄 때의 순간을 기다렸다. 또 한글을 읽고 쓰거나 의젓함이 묻어날 때까지 엄마인 나는 아이의 더딘 속도를 참고 기다려야 했다. 엄마는 아이 앞에서 언제나 묵묵히 인내의 시간을 기다릴 줄 아는 사람이어야만 했다.

아이가 초등학생이 되자 또 다른 기다림이 시작되었다. 아이가 학교를 가고 학원을 다니기 시작하면서 나의 시간은 온전히 아이의 스케줄대로 따라 움직였다.

학교를 마친 아이의 책가방을 건네받아 내 어깨에 둘러매면 가방의 무게만큼이나 아이의 벅찬 하루가 걱정됐다. 작고 통통한 아이 손의 솜털은 부드러웠다.

아이를 달래서 학원에 보내면 내겐 딱 한 시간이 주어졌다. 그 시간은 나만의 유일한 시간이었다. 책을 읽거나 웹서핑을 하거나 안부전화를 걸어 대화를 나누기도 했다.

한 시간은 가속도가 붙은 초고속 기차처럼 빨랐다. 한 시간이 아쉬워지자 아이에게 학원 수강을 하나쯤 더 시켜도 되겠다는 요상한 논리가 머릿속에 비집고 들어올 때도 있었다. 그럴 때마다 자리를 털고 일어나 아이를 데리고 집으로 향했다.

나는 또래의 아이들보다 늦은 것만 같은 아이의 성장 속도에 마음을 졸일 때가 많았다. 하지만 나는 희망을 버리지 않고 묵묵히 기다렸다. 기다리는 것 말고는 달리 할 수 있는 게 없었다. 원하면서 보채지 않고 기대하면서도 기대지 않는 마음으로 막막한 상황을 견뎌냈다.

아이는 고맙게도 엄마의 인내를 배신하지 않았다. 그런 상황과 순간들이 한데 섞이자 내 마음은 깊은 호수처럼 고요해졌다.

기다림은 닥친 상황에서 한 발 뒤로 물러나는 것이기도 했다. 마음만 조급하면 달라질 게 없었다. 두 발이 짝을 이루어 앞으로 나아가더라도 엄마의 마음만은 아이의 뒤편에 한 발짝 물러나 있어야 했다.

아이를 제치고 엄마는 언제든 앞에 서서 재촉할 수도 있었다. 하지만 그런 행동은 아이와 나를 모두 지치게 할 뿐이었다.

아이가 걸어 갈 긴 길 위에서 아이가 지치고 힘겨워한다고 해서 오랫동안 아이를 끌고 갈 수는 없는 노릇이었다. 그러므로 기다림이 엄마의 삶에서 반드시 필요하다고 생각했다.

오늘도 아이는 똑같은 일상을 보내려고 여린 몸을 움직인다. 그 몸짓이 점점 묵직해지고 커질 것을 나는 알고 있다.

아이의 늘어가는 배움의 양만큼이나 엄마의 기다림도 그만큼 길어질 것이다. 또 아이의 교우관계가 깊어질수록 내 품으로 돌아올 시간도 늦어질 것을 안다. 그럴수록 나는 아이의 등 뒤에서 한 발 두 발 거리를 두어야 한다. 떨어지지 않는 두 발을 억지로 끌어낼 때도 분명 있을 것이다.

그러므로 함께하는 공간에서 거리를 둔다는 것은 서로가 영글어가는 시간을 허락하는 일과 같다. 그래서 우리에겐 '빨리'라는 조급함이 전혀 필요하지 않다. 각자의 마침을 다할 때까지 묵묵히 기다려주는 마음만 있으면 된다.

떨어진다는 것

나는 높은 곳에 오르려다 낙하했던 경험이 수없이 많았다. 또한 높은 곳에 있다가 한없이 추락하는 사람들을 만나기도 했다.

위에서 아래로 떨어지는 건 자연의 이치지만 나는 연어처럼 물살을 거슬러 위로 더 위로 올라가고 싶었다. 높은 곳에 존재한다는 건 내게 획득과 성취 그리고 성공의 표징이었다.

자연에서도 마찬가지였다. 나무도 위를 향하며 성장한다. 내겐 성장한다는 것이 높아지는 것과 같은 의미였다.

나는 사계절 중에서도 봄을 가장 좋아했다. 성장하기에 딱 좋은 기온이 특히 좋았다. 엄마 품처럼 따스한 온도는 얼어붙은 것을 녹이고, 꽁꽁 매였던 옷깃을 풀게 했다.

만물을 너그럽게 하는 것 중에서 봄날만 한 게 없었다. 봄의 따스함은 나를 요동시켰다. 봄은 나를 움직이게 하는 계절이었다. 그래서 나는 사계절 중에서도 봄이 가장 좋았다.

나는 봄이 되면 바깥 활동을 하려고 애썼다. 봄의 기운을 제대로 만끽하려면 몸을 일으켜야만 했다. 밖으로 나가면 아스팔트 도로 옆 모퉁이에서도 이름 모를 싹이 새뜻하게 돋아나 있었다. 나무줄기 틈엔 곁가지가 삐죽 솟아 있었다. 모든 생명이 꿈틀대는 봄날의 정경은 바라볼수록 놀라웠다.

하루는 나는 가벼운 가방을 짊어지고 뒷동산에 올랐다. 여전히 얼어붙은 땅 위로 초록의 싹들이 기지개를 켜는 듯한 분위기였다. 저마다 잎사귀를 내밀며 추웠던 지난겨울을 털어내고 있었다.

숲속을 걸으면서 푸른 하늘을 채우는 상쾌한 공기를 깊이 들이마셨다. 나 홀로 산책에도 그만한 이유가 있었다. 나무와 꽃과 바람이 한시도 나를 지루하게 만들지 않기 때문이었다. 적막한 분위기를 달래주는 산새나 맺힌 땀방울을 닦아주는 바람이 어느 벗 못지않았다.

나는 조금 더 깊은 산 속으로 들어갔다. 안쪽 깊이 자리 잡은 나무의 곁가지는 벌써부터 이파리로 가득했다. 제 색을 찾은 듯 푸르고 풍요롭게 보였다.

봄의 기운이 닿은 자리마다 새싹이 움텄고 꽃봉오리가 피어났다. 아기의 뽀얀 살빛을 띠는 꽃도 있었고 발그레한 볼을 닮은 꽃도 있었다. 서둘러 봄볕에 달려 나온 아이들의 들뜬 모습을 보는 듯했다.

완연한 봄기운을 즐기러 꽃이 핀 곳으로 다가갔다. 바람결에 실려 온 꽃향기를 맡으며 한 발 한 발 움직였다. 다가설수록 온몸이 한 송이 꽃으로 피어나는 것만 같았다. 한껏 아름다움을 뽐내는 꽃이 핀 땅에는 여느 곳과 달리 싱그러움이 가득했다.

꽃잎이 땅 위에 떨어졌다. 꽃을 피우지 못하고 떨어져버린 이파리였다. 높은 곳에 오르려다 중간에서 멈춘 나를 보는 것만 같았다. 떨어져버린 꽃잎처럼 절망했던 그 시절의 내가 여기에도 있었다.

땅바닥에 주저앉아버린 운명에 눈물 짓고 있는 것처럼 보이는 꽃잎들이 바람에 들썩거렸다. 높은 곳 나뭇가지에 떨어졌지만 땅에서 피어나는 중이라고 속삭이는 움직임 같았다.

서글퍼 보이기만 했던 여린 꽃잎들은 땅에서도 제 빛을 내려고 안간힘을 쓰고 있었다. 낮은 곳에서도 충분히 꽃을 피울 수 있다는 믿음이 형상으로 드러나는 것만 같았다.

바닥에 떨어진 꽃잎들이 아래 세상을 향해 환하게 눈짓하는 듯했다. 떨어진 꽃잎들은 땅에서도 여전히 꽃이었다.

밤바다

따가운 햇볕과 열기를 품은 바람, 청춘을 맞은 우거진 녹음들이 나를 반겼다. 달궈진 낮을 온종일 부둥켜안고 보낸 후에야 선선한 밤을 맞을 수 있었다. 내 일행은 예약해둔 숙소로 발걸음을 옮겼다.

강릉까지 왔으니 옵션을 선택하지 않을 이유는 없었다. 눈을 뜨는 아침, 졸린 눈을 비벼가며 마주하는 바다의 풍광은 뭐라 형용할 수 없는 기분을 선물했다. 무릎을 탁 치는, 여행의 묘미랄까. 고층에 위치한 숙소에서 바다를 한눈에 바라보는 전망의 옵션을 버릴 수가 없었다.

창문을 열면 검푸른 바다가 드넓게 펼쳐졌다. 고요함이 좋다가도 철썩대는 파도 소리에 마음이 흔들렸다.

그때였다. 사방에서 터지는 굉음이 바다의 적막을 깼다.

슈웅, 타다닥.

파도는 잔잔했다. 굉음이 또 터졌다.

피웅, 타다다다닥.

나는 창문을 닫았다. 더 이상 여름의 고요한 밤바다는 그곳에 없었다.

그치지 않고 터지는 폭죽 때문에 갑자기 밤하늘이 불을 밝힌 듯했다. 불빛이 지나간 자리에선 뿌연 연기가 피어올랐다.

자리를 함께한 동행인이 뾰로통해진 나를 지켜보았다.

"이맘때 누리는 특권이라고 생각하고 즐겨."

나는 말없이 창밖만 바라보았다. 그런 특권은 누가 부여했을까. 어쩔 수 없이 그것을 수용해야만 하는 내 처지가 억울해서 잠을 설쳤다.

새벽녘에도 폭죽은 그치지 않았다. 끝난 것 같다가도, 한쪽에서 밝았다가 다른 쪽이 밝아졌다. 잠자리에서 고개를 이리저리 돌리면서 어두운 창밖을 바라봤다.

어디까지가 바다이고 어디까지가 하늘인지 구분하기 어려웠다. 둘이 하나가 되어버린 듯했다.

그날 밤, 방 안에서 나와 동행자는, 바닷가에서 폭죽을 터트리는 자들과 함께 밤을 지샜다.

바다를 찾아온 여행객들은 밤마다 의지를 불태웠다. 한껏 고양된 기분이 폭죽에 실려 작렬했다. 바닷가의 여름밤이 그토록 화려하게 수놓아지는 것도 그들 덕분이었다. 폭죽을 터트리는 행위는 호불호의 문제가 아니었다. 한여름 밤에 반드시 치러야만 하는 의식이었다.

청춘과 여름은 닮은 게 확실했다. 매해 여름 밤바다는 가장 요란하고 가장 찬란한 빛을 뿜었다. 폭죽은 한정된 시간의 기회를 얻어 순식간에 팔렸다.

낮에 가본 바닷가 상점에는 다양한 폭죽들이 즐비해 있었다. 긴 막대형 폭죽부터 작고 네모난 상자형 폭죽까지, 모양도 제각각이었다.

여행객의 손에는 다양한 폭죽들이 들려 있었다. 그들은 밤을 기다렸다. 가지고 있는 것들을 모두 불태우기 위해서.

밤이 되면 기다렸다는 듯이 청춘의 공간에서는 불꽃이 튀었다. 안에서나 밖에서나 빨갛고 샛노란 섬광이 번뜩였다. 불꽃이 터질 때면 환호성이 터졌다. 여름만 되면 발현하는, 이를테면 여름병의 증상 같았다. 강릉의 여름바다는 밤에도 조용하지 않았다.

밤은 만물이 재생하는 시간이었다. 생물이 다시 살아 움직이려면 제시간에 기운을 회복해야만 했다. 그런 생물을 위해 밤에는 기꺼이 커튼을 쳤다.

여름철에 찾아 나섰던, 특히 서양의 해변에서는 개인이 폭죽을 터트리는 것을 보지 못했다. 그것은 흔한 광경이 아니었다. 하지만 강릉의 폭죽놀이는 억눌린 한을 터트리는 의식이라고 해도 좋았다.

강릉의 밤바다는 나 같은 사색꾼들에겐 아직도 청춘의 공간이었다.

피융, 치지직. 팡, 팡!

또 다시 하늘에 팡파르가 울려 퍼지기 시작했다.

나는 소다

　겹겹이 둘러싼 산에서 굽이진 도로를 돌았다. 차창 밖으로는 완만한 산등성이가 물결처럼 펼쳐졌다. 막 봄을 벗어난 때여서 산기슭엔 푸르른 생명이 꿈틀댔다. 새순이 자랐고 풀잎은 널찍해졌다. 꽃과 나무들도 한껏 자태를 뽐내는 듯했다.

　웅장하고 우아하게 몸집을 키우는 자연을 대하자 나는 한결 몸이 가벼워졌고 또한 경건해졌다. 그럴수록 광활한 자연을 간직하고자 온 신경을 집중했다.

　사방으로 번지는 산의 녹음은 귀한 선물이었다. 일상의 찌꺼기를 멀리 사라지게 하는 것만 같았다. 자연을 보는 시간은 내게 광명이자 힐링의 순간이었다.

도로는 뜨겁게 달궈져 있었다. 요란한 엔진소리가 들려왔다. 적막한 기운이 깨졌다. 나는 몸을 돌렸다. 트럭 한 대가 저만치서 빠른 속도로 옆 차로에서 진입하려고 했다.

트럭은 내 차의 느린 속도를 따라잡고 옆 차선에 나란히 붙었다. 사방이 트인 시야를 반쯤이나 가린 트럭이 매연을 뿜어냈다. 차 안으로 매연이 들어오자 나는 창문을 닫았다.

트럭의 외관은 잔뜩 녹이 슬어 하얀색인지 갈색인지 구분이 어려웠다. 짐칸에는 목재로 만든 설건 울타리가 세워져 있었고 부식된 틈마다 날카로운 쇠줄로 채워져 있었다. 그 안에는 몸집이 큰 소 세 마리가 있었다.

도로 위에서 동물을 마주하는 기분은 이상했다. 멀뚱히 서 있는 소에게 온 신경이 집중되었다. 순간, 달리지만 달리지 않는 듯한 느낌이 들었다.

소코뚜레에 달린 끈은 울타리 마디에 감겨 있었다. 소는 힘을 잃은 듯했다. 구릿빛 털이 햇살을 받아 은은한 빛을 냈다. 덜컹거리는 요란한 움직임에도 소는 꼿꼿했다.

나는 세 마리 중에서 가장 몸집이 크고 털빛이 선명한 가운데 소의 눈을 응시했다. 눈을 깜박일 때 긴 속눈썹이 아래위로 움직였다. 떨리는 듯했다. 그 안에 검지만 투명하게 빛나는 눈동자가 있을 것이었다.

소의 눈을 바라보자 조금 전까지 눈을 뗄 수 없었던 자연의 풍광이 떠올랐다. 소도 나처럼 먼 산에 닿을 듯한 하늘을 감상하고 있다고 생각했다.

소를 실은 트럭과 도로를 얼마나 함께 달렸을까. 잠시라도 소와 나란히 가면서 같은 세상을 받아들이고 있는 것만 같은 동질감을 느꼈다. 좌우로 갈라지는 길에서도 소에게서 눈을 떼기 힘들었다.

고개를 숙이고 있는 다른 소들 옆에서 당당히 고개를 들고 있는 자세가 인상적이었다. 소는 자연의 아름다움을 커다란 눈망울 안에 담고 있는 듯했다. 나는 소의 눈을 통해 깊고도 거대한 산등성이를 본 것만 같았다. 소의 눈에 담긴 자연은 절경이었다고 생각했다.

순간 마음이 무거워졌다. 같은 공간에서 숨을 들이키며 같은 것을 보고 있지만, 끌려가는 소의 처지가 안쓰러웠기 때문이었다. 트럭에 실린 소들은 어디로 가는 것일까. 나처럼 여행길에 오른 것은 아닐 것이었다.

잠시 뒤 트럭이 멀어졌다. 나는 이 길의 끝을 상상했다. 머지않아 경험할 즐거움 때문에 방금 전의 이 길은 잊힐 터였다. 하지만 나란히 달렸던 소에겐 이 길이 잊히지 않을 것이었다.

내가 탄 차는 내 지친 몸을 누일 숙소를 향했다. 그런데 소를 실은 트럭은 어디를 향하고 있던 것일까.

내가 느낀 것은 소의 눈에서 확인한 자연의 모습이 훨씬 그윽했다는 것이다. 소의 눈에 비친 자연의 형상은 갓 그린 수채화처럼 젖어 있었다. 물론 그 순간은 눈을 깜빡거릴 새도 없는 찰나였다.

어느 곳에 담겨도 자연의 기운은 살아 움직인다. 그 가늠하기 어려운 기세는 나와 소의 눈을 잠시 푸르게 잠식했다.

숨 쉬는 우리가 할 수 있는 건 그저 자연의 아름다움에 반하는 것. 그 찰나를 심연에 가둬 곱씹어보며 기억하는 것. 어쩌면 살아 있는 것들의 삶이 이와 비슷하지 않을까. 자연의 품에서 편안함을 느끼는 건 보살핌을 받는 처지이기 때문일 것이다.

잠시 동행했던 소와 나는 나들목에서 서로 다른 길로 향했다. 안녕을 고하기 전에. 하지만 나는 너를 보았고, 너를 통해 세상을 다시 보았다.

바람 불어도, 잎이 떨어져도

동네 삼거리 한쪽 골목에 으리으리한 건물이 들어섰다. 100평은 족히 넘는 대지에 적색의 벽돌로 담을 켜켜이 쌓아올린 2층짜리 건물이었다.

들리는 얘기로는 푸른 잔디가 펼쳐진 마당에는 꼬마전구가 사방으로 길게 설치되어 있었다. 어스름한 저녁 무렵이면 전구가 붉은 빛을 밝혔고 빛을 좇는 벌레들이 몰려 들었다.

건물 앞에는 긴 현수막이 펄럭였다. 커피와 빵이라고 적힌 글씨를 보니 반가웠다. 커피를 즐기는 내가 만족할 공간이었다. 나는 오픈하는 날만 손꼽아 기다렸고 모락모락 김이 나는 커피 한잔을 상상했다.

며칠 후 커피숍이 문을 열었다. 노키즈 존이라는 푯말은 보이지 않았다. 아이를 데리고 커피숍으로 향했다. 내 키의 세 배쯤은 되는 가게 문을 열자 고소한 빵 냄새가 코끝을 감쌌다. 매장 가운데에 놓인 테이블에는 다양한 빵이 진열되어 있었다.

빵을 고르고 카운터로 가서 따뜻한 커피를 주문하고 아이와 함께 2층으로 올라갔다. 널찍한 2층에는 푹신한 소파가 마련되어 있었다. 전면으로는 투명한 유리창을 통해 마당의 풍광을 감상할 수 있었다.

건물 너머로 보이는 바깥 풍경은 그림 같았다. 작은 동산과 마주해서인지 외딴 숲속에 서 있는 기분이었다. 게다가 검붉고 진노랑의 잎사귀들이 어우러져 어떻게도 흉내 낼 수 없는 자연의 색감을 펼쳐 보이고 있었다. 주문한 커피를 찾아가라는 진동소리에 정신이 깨었다.

카운터에서 트레이를 받아들고 다시 2층의 창가에 앉았다. 원두향이 가득 담긴 커피 잔이 풍광을 담아 비치는 듯했다. 커피 한 모금에 자연을 맛보는 기분이었다. 아이도 음료수를 마셨다. 아이는 마시는 내내 맛있다는 듯 얼굴에 온갖 표정을 지었다.

자연과 음악과 커피가 어우러진 공간은 더없이 안정감과 만족감을 제공했다. 아이도 나를 따라 바깥 풍경을 즐기는 듯했다. 아이와 나는 그렇게 유리창 앞에서 지나가는 가을을 지켜보았다.

유리창 맞은편의 단풍나무들을 바람이 감싸고 지나갔다. 단풍잎이 바람에 날려 사방으로 흩어졌다. 쉴 새 없이 떨어지는 나뭇잎은 어디론가 떠나는 여행자를 떠올리게 했다. 계속 부는 바람은 나뭇가지를 세차게 흔들었다.

잎을 날리는 나무를 바라보았다. 나뭇잎이 떨어져도 나무는 아무렇지 않은 건가. 오래토록 나무의 품에서 자란 나뭇잎이, 제 옷을 차려입고 부모 곁을 떠나는 다 커버린 아이 같았다. 나무가 사람이라면 서글프지 않느냐고 묻고 싶었다.

나무는 겉으로는 괜찮아 보였다. 하지만 바람이 또 한 번 세차게 불자 바닥에 떨어진 잎들이 공중에 떠올랐다가 다시 바닥에 떨어졌다.

잎들은 바람을 타고 자유를 만끽하는 듯했다. 내가 성인이되어 짜릿하게 홀로서기를 했을 때처럼 나뭇잎도 확실히 그렇게 보였다.

바람결에 날아온 노란 나뭇잎 하나가 창문에 달라붙었다. 내게 인사를 건네는 듯했다. 샛노란 색깔이 맑은 기운마저 느끼게 했다.

아이는 검지손가락을 내밀며 노란 나뭇잎을 가리켰다. 우리의 눈빛도 나뭇잎처럼 노랗게 물이 드는 것만 같았다. 나는 아이의 머리를 쓰다듬으며 가슴에 안았다. 오래토록 품고 싶은 아이를, 그날 내 안에 깊이 새겨 넣고 싶었다. 맑고 푸른 가을날은 그렇게 진하게 농익으며 물들어갔다.

볶음김치와 언니

어젯밤 현희 씨는 마감 시간에 맞춰 느지막하게 장을 보고 가다가 동네 빵집 앞에서 마감할인 20%의 푯말을 보고 말았다. 그녀는 한손에 터질 듯한 장바구니를 들고 무작정 가게 안으로 들어갔다.

할인행사에 민감한 행색이 가벼워보였지만 저렴한 구매에 만족했다. 가게 안의 선반은 비어 있다시피 했다. 모닝빵 한 봉지만 남아 있을 뿐이었다. 현희 씨는 이거라도 건지자 싶어 서둘러 모닝빵을 샀다.

두툼한 장바구니에 빵을 넣기도 힘들었다. 다른 한 손으로 빵을 들고 가게 밖으로 나왔다.

찬바람에 손이 시렸다. 손에 입김을 불고는 움츠린 어깨 사이로 양손을 깊숙이 끼웠다. 그러자 팔꿈치 아래로 길게 떨궈진 빵 봉지가 걸음에 체이며 흔들렸다.

예년처럼 11월의 매서운 입시한파였다. 얼음장처럼 차가운 밤바람이 현희 씨 얼굴을 덮쳤다.

그녀는 집에 들어오자마자 장바구니를 내려놓고 뻘게진 두 손을 맞대고 비볐다. 이불 속에 넣어 봐도 냉기는 쉬이 녹지 않았다. 알뜰한 장보기를 탓하면서 볼멘소리를 내며 추위를 떨치려고 했다.

다음 날 현희 씨는 잠을 설쳤다. 아침에 눈을 뜨기가 힘들었다. 하지만 가족들의 아침식사를 챙기려면 몸을 일으켜야만 했다. 식탁 위의 모닝빵이 보였다. 작고 오동통한 빵은 먹음직스러웠다.

생각해보면 하찮게만 보이는 것들은 그녀의 집 곳곳에 쌓여 수고로움만 더해주고 있었다. 먼지 묻은 그릇과 버리기가 아까워 냉동실에 넣어둔 빵과 그리고 거리에서 받아온 광고 찍힌 물티슈가 그러했다.

하지만 먼지 묻은 그릇은 손님이 집에 왔을 때 부족한 식기로 사용했고 허기를 급하게 달랠 땐 냉동실의 빵을 찾았다. 옷깃에 묻은 얼룩을 닦을 때에는 거리에서 받은 물티슈가 요긴하게 쓰였다. 볼품없던 것들도 때론 쓸모 있게 변신했다.

현희 씨는 거들떠보지도 않을 것 같은, 어젯밤에 산 모닝빵을 반으로 가른 후에 안에 딸기쨈을 발라 접시 위에 놓았다. 컵에 우유를 따라 놓고 남편과 아이를 깨웠다. 부자는 부스스한 머리를 매만지며 식탁에 둘러앉아 빵을 먹었다. 그녀는 계속 빵에 쨈을 발랐다.

현희 씨는 남편과 아이가 먹는 모습만 봐도 기분이 좋았다. 그녀는 하나 남은 빵을 크게 베어 물면서 버터 향만 남은 빈 빵 봉투를 쓰레기통에 버렸다. 간밤에 추위를 견디고 빵을 사온 게 뿌듯했다.

점심때가 되어서도 밥 생각은 없었다. 냉장고에서 샌드위치를 꺼냈다. 풀이 죽은 양상추를 더해서 끼니를 때웠다. 곧 있으면 아이가 하교할 시간이었다.

아이를 마중 나가는 길목에서 책가방을 흔들며 뛰어오는 아이를 보았다. 반나절 동안 표정 변화가 없던 현희 씨의 얼굴에 미소가 번졌다. 아이의 책가방을 대신 메는 이때가 현희 씨에게는 더없이 행복한 시간이었다.

해가 질 때쯤이면 저녁식사를 해야 했다. 냉장고를 열었다. 평소에는 눈길도 가지 않던 김치통이 보였다. 뚜껑을 여니 시큼한 냄새가 코끝을 자극했다. 먹기 힘들 정도로 심하게 발효

돼 있었다.

버리기 아까워 김치를 깨끗이 씻고 잘게 다졌다. 프라이팬에 기름을 두르고 설탕을 조금 넣고 김치를 볶았다. 고소하고 향긋한 냄새가 주방에 진동했다.

김치가 갈색 빛을 띠며 익어가자 불을 끄고는 주걱에 붙은 김치 조각을 손으로 떼어 맛보았다. 입안에서는 군침이 돌았다.

현희 씨는 뜨끈한 밥 위에 볶음김치를 듬뿍 올려 한입에 넣었다. 아이도 맛있다고 엄지손가락을 치켜들며 수저를 내려놓지 않았다.

어느 날 현희 씨는 거울을 보면서 예전보다 볼품없어진 뒤태를 확인했다. 얼굴의 피부는 쳐져서 하나둘 생겨난 주름살과 기미가 눈에 띄었다.

시든 김치도 볶아먹으면 그만이고 수분이 빠진 사과도 갈아먹으면 그만이었다. 현희 씨는 집에서 하찮은 건 아무것도 없다고 되뇌었다. 마치 자신은 하찮은 존재가 아니라고 주문을 거는 것처럼 보였다. 그녀는 자신을 보고 혀를 차는 누군가의 시선을 느낄 때도 주문을 외웠고, 갈수록 아는 것이 많아지는 아이 앞에서도 주문을 외웠다.

그런 현희 씨 마음을 정선 언니는 놀랍게도 잘 파악하고 있었다.

"인생이 왜 마흔부터인지 알아? 엄마가 애 낳고 학교 갈 나이까지 키우면 그 정도 나이거든. 진짜 여자의 인생이 시작되는 거지. 그래서 지금이 마지막 꿈을 펼칠 수 있는 황홀한 기회야."

정선 언니는 어딜 가나 튀었다. 그만큼 화려했다. 그녀는 목이며 팔이며 손가락이며 귓불이며, 달릴 수 있는 자리마다 큼지막한 장신구들로 치장했다.

그런 언니를 보고 있으면 현희 씨의 손잔등의 주름은 더욱 도드라져 보였다. 현희 씨는 타인을 만나는 자리에서는 두 손을 꽉 움켜쥐거나 팔짱을 끼고 앉아 있곤 했다. 현희 씨의 몸에는 어디 하나 정선 언니처럼 빛나는 보석이 매달릴 자리가 없는 듯했다. 결혼반지조차 더 이상 맞질 않았다.

날마다 바쁜 정선 언니였지만 현희 씨를 위한 시간은 기꺼이 내주었다. 언니와 알게 된 지는 한 달이 조금 넘었다. 현희 씨는 언니를 만날 때마다 부러운 시선을 애써 숨기고 있었다. 그러나 그날따라 마음속으로 삼켰던 말이 현희 씨도 모르게 새나왔다.

"나도 언니처럼 살고 싶다."

정선 언니는 현희 씨를 자신의 사무실로 데려갔다. 상자가 빼곡히 쌓여 있는 공간을 살핀 언니가 스프링이 깊게 꺼진 소파에 자리를 잡았다. 이어서 속사포처럼 말을 쏟아냈다.

"언니만 믿고 따라와. 1년 안에 나처럼 살게 해줄게. 이번 달 실적 좀 보여줄까? 이번 달에만 1000만 원이 들어왔어. 근사하지? 근데 언니 못 믿고 중간에 포기할 거면 시작부터 하지 말고."

곰팡이 냄새가 풍기는 2평 남짓한 사무실에서 현희 씨는 언니에게 매료됐다. 언니의 정성이 배어 있는 공간이었지만 허름하고 볼품없는 사무실이었다.

언니는 온갖 물건들을 상자에서 꺼내 놓기 시작했다. 샴푸, 치약, 바디클렌저, 칫솔, 영양제 등등 종류도 가지가지였다. 또 판매 수익을 얘기하더니 누군가를 흡수할수록 소개비가 눈덩이처럼 쌓인다며 우쭐해했다.

설명이 끝나자 현희 씨는 언니가 타준 커피를 뜨거운 줄도 모르고 단숨에 들이켰다. 꾸러미를 한가득 들고 사무실을 나온 현희 씨는 몇 걸음 가지 못하고 멈춰섰다. 봉투 안에 들어 있는 샴푸와 치약과 영양제가 돌덩이로 변한 것처럼 무겁게 느껴졌다. 좀 전에 데인 입천장은 따끔거렸다. 피 맛까지 나는 듯했다.

마스크 벗기

나는 아침에 일어나면 가장 먼저 휴대폰을 켰다. 작년만 해도 가장 먼저 확인한 건 미세먼지 수치였지만 이제는 코로나19 감염증 확진자 수치가 그 자리를 대신했다.

국내의 지역별 현황과 해외 유입자 확진 현황을 확인하면 한숨부터 나왔다. 감염되지 않도록 건강을 유지하며 하루를 보내야 하는 현실이 안타까웠다. 미세먼지가 최악일 때에는 집 밖으로 나가지 못한 날이 많았는데, 이제는 코로나19까지 더해져 외출이 더 힘들게 되었다.

아이는 집안에서 생활하는 현실을 받아들였다. 예전 같으면 창밖의 뿌연 모습만으로도 아이는 기상 상태를 짐작했다.

이제는 창밖이 뿌옇지 않아도 집안에 갇혀 있어야만 한다는 현실을 아이는 알고 있었다. 몇 달째 외출다운 외출도 하지 못하고 집에서만 놀아야 하는 아이에겐 실망의 날들이었다.

아이는 답답한지 온몸을 뒤틀다가 내 바짓가랑이를 잡아당기며 투정을 부렸다. 아이는 집안에서도 움직임에 주의했다. 16층에 위치한 내 집에선 아파트의 층간소음에 신경을 써야 했다. 이웃을 생각하면 마땅히 그래야만 했다.

아이도 거실에서 뛰다가 순간 멈칫하고는 조심스럽게 옮겨 다녔다. 안에서나 밖에서나 마음껏 움직이지 못하는 아이에겐 창살 없는 감옥살이다 싶었다. 뛰다가 넘어져도 다시 일어나 이마에 흐르는 구슬땀을 닦았던 지난 내 시절과는 너무나 다른 지금의 현실이었다.

어려서 나는 해가 지고 어두컴컴해질 때까지 흙더미 위에서 대부분의 시간을 보냈다. 온몸이 흙투성이가 된 채 집으로 돌아와서 손을 닦으면 세숫대야의 맑은 물은 흙탕물로 변했다. 방안에서도 동생과 날마다 술래잡기 놀이를 하느라 쿵쿵거리며 달리기 일쑤였다.

등굣길에 집을 나설 때면 외벽을 타고 오르는 달팽이에 시선을 빼앗기기도 했다. 차고 맑은 이슬의 기운을 가득 머금은 공기를 머리끝까지 들이마시면서 학교로 달려가곤 했다. 또한

들에 핀 유채꽃을 꺾어 줄기를 씹어 먹기도 했고 꿀꽃의 봉오리를 입으로 쪽 빨아먹으며 달콤함에 몸서리치기도 했다. 마음에 깊이 새겨진 자연이 주는 즐거움은 어른이 되어서도 오래도록 기억에 남았다.

내가 자라온 환경을 아이에게 더는 마련해줄 수가 없게 되자 어른으로서 미안한 마음이 앞서기도 했다. 마음껏 뛰어놀지 못하는 아이를 달래려 책을 읽어주는가 하면 보드게임을 하며 시간을 보내기도 했다.

아이가 몸을 부딪치며 놀고 싶을 때엔 소파 위나 침대 위에서 몸을 날려주며 놀아주었다. 물론 아이의 지치지 않는 체력에 두 손을 들고 바닥에 일자로 뻗는 날이 대부분이었다. 쑥쑥 자라는 아이를 혼자서 상대하기에는 역부족이었다.

하루는, 힘이 다 빠지고 나서 신발장 옆 서랍에 쌓여 있는 마스크를 꺼냈다. 서랍 안에는 대인용과 소인용 마스크가 양쪽으로 나뉘어져 촘촘히 담겨 있었다. 떨어지면 안 되는 쌀처럼 마스크 또한 우리 집 필수품 중에 하나가 된 지 오래였다. 아무리 쟁여놓아도 금세 동이 났다.

아이에게 소인용 마스크를 씌워주고는 현관문을 열었다.

희뿌연 먼지로 가득 찬 거리는 적막함이 감돌았다. 미세먼지까지 겹쳐 눈이 뻑뻑해지고 목구멍이 따끔거렸다. 마스크를 얼굴에 바짝 밀착시켰다. 평소엔 뚜렷하게 보인 산의 형체를 구분하기 힘들었고 길가의 가로수와 꽃들도 생기를 잃어버린 듯했다. 이런 것이 죽은 도시의 광경이겠다고 생각했다.

나는 아이의 손을 꼭 잡았다. 사방의 공기가 살벌하게 느껴졌다. 사람이 보이기라도 하면 거리를 두고 떨어져서 걸었다. 외부세계에서 온 이방인처럼 보이는 사람들도 있었다. 그들 또한 나와 같은 시선으로 사람들을 멀리 했다.

같은 종족끼리의 불신과 증오, 관계의 단절이 만들어내는 2020년의 서울은 삭막하고 끔찍했다. 옆을 스치는 사람이 가장 무서울지 모르는 지금보다도 더 슬픈 시대는 없을 것이었다. 한 번의 기침도 위협을 가하는 무기가 될 수 있는 세상이었다. 나는 마스크를 쓰고서도 입을 꼭 다물었다. 더 이상 칼과 총만이 위협의 무기가 아니었다.

이제는 사람과 사람이 가까이서 마주 대하는 것을 거부하는 것만 같았다. 코로나19 시대의 새로운 소통법이 탄생한 듯했다. 하지만 아이들은 저항했다. 직접 보고 말하고 만지고 부대끼고 싶어 했다. 함께 뛰어놀며 손도 잡고 발도 맞춰보고 싶어 했다. 그렇게 크는 것이 올바른 성장이라는 걸 나도 모르지 않았다.

그래서 아이를 키우는 엄마로서도 코로나19 시대의 언택트가 달갑지 않았다. 피부로 체감하는 활동 없이 그저 보고 듣는 것만으로 관계를 쌓는 일은 나도 경험해보지 못한 전혀 새로운 세계였다. 그렇게 자라나서 관계에 대한 소원함으로 이어질까 봐 겁이 나기도 했다.

나무와 꽃이 눈에 띄었다. 내 짐작과는 다르게 어느 것 하나 제 빛을 잃지 않고 단단히 버티고 서 있었다. 꽃향기가 마스크를 뚫고 코끝에서 진동했다.

사람들은 저마다 거리를 두고 각자의 삶을 찾아 나선다. 아이와 나도 우리의 길을 간다. 자꾸만 마스크 안에 입김이 찼고, 숨은 가빠졌다.

여수에 가면

나는 여행을 즐겼다. 일상을 벗어나 새로운 곳에 이르면 몸과 마음도 새 옷을 입은 것만 같았다. 일상이라는 쳇바퀴에서 빠져나오는 것만으로도 많은 변화를 경험할 수 있었다. 관성의 법칙이 내 삶을 지배하고 있다는 사실을 알아차리기만 해도 변화를 쉽게 감지할 수 있었다.

일상적인 삶은 쉬지 않고 움직여야만 앞으로 나아갈 수 있다는 게 대부분 사람들의 생각일 것이었다. 관성에 묶이면 어떤 멈춤도 용납되지 않았다. 멈추는 것은 실패나 다름없기 때문이었다. 일상을 파고드는 관성에 얽매이지 않으려면 가끔씩 여행을 떠나야만 했다.

여행은 거창한 일정이 아니라 잠시 동안의 쉼이라도 경험할 수 있으면 그만이었다. 여행을 떠나면 관성은 힘을 쓰지 못했고, 일상은 고요해졌다.

그렇다고 잠시의 멈춤으로 지금까지의 삶이 나락으로 떨어지지 않았다. 외려 관성에서 벗어날수록 일상으로 점철된 삶의 전경이 한눈에 들어왔다. 내가 얼마큼 왔는지, 어디로 가고 있는지를 확실하게 짚어볼 수가 있었다.

여행은 한 번쯤 자신을 뒤돌아볼 줄 아는 여유를 갖게 하는 행위였다. 앞으로 나아가는 삶을 위해서 잠시의 쉼은 선택이 아니라 필수였다. 삶의 방향키를 제대로 움켜쥐려면 여행은 마땅히 필요한 시간이었다.

여행은 장소에 따라 다른 느낌을 경험할 수 있게 했다. 시간과 계절에 따라서 감응도 달라졌다. 이 때문에 나는 한 번 다녀왔던 여행길을 계절에 따라 다시 떠날 때가 많았다.

갈 때마다 결이 다른 추억도 쌓여갔다. 같은 땅덩어리에서 같은 말을 쓰고 있을지라도 서로 분리된 공간에는 저마다의 특징이 살아 있기 때문이었다. 사람마다 체취가 다르듯이 지역과 마을도 저마다의 향취로 가득했다.

몇 해 전 다녀온 여수는 온통 분홍빛이었다. 분홍색 가득한 까치 노을과 분홍 구름, 분홍 바다 그리고 바람까지도 분홍

바람이라고 부르고 싶을 정도였다.

여수시 고소동에는 바다를 내려다보는 언덕배기에 카페들이 즐비해 있었다. 영화에나 나오는 거리는 하얀 커튼이 바람결에 날려 여수의 낭만을 뽐내고 있었다.

어느 곳에서도 아름답게 물들어가는 여수의 바다를 감상할 수 있었다. 루프탑에 앉아 서쪽으로 지는 해를 바라보기도 했다. 풍광을 배경으로 마시는 커피 한잔은 일상에서 마시는 커피와는 맛이 달랐다.

평소에는 앞으로 조금이라도 나아갈 힘을 얻기 위해서 의무적으로 커피를 마셨다면, 여수에서는 빼어난 자연의 생동감을 오롯이 감상하며 마셨다. 좀 더 긴 여유를 누리기 위한 처방과도 같았다.

커피를 마실수록 여수의 밤바다를 즐길 체력도 조금씩 회복하는 듯했다. 그 때문에 노을 진 여수를 오랫동안 즐길 수 있었다. 노을 지는 여수를 본 것은 이번이 처음은 아니었다.

초등학교를 졸업하기 전, 13살 늦봄 즈음에 여수로 수학여행을 다녀온 적이 있었다. 처음 가보았던 여수를 떠올리면 바다와 바위가 한데 엉켜진 자연 그대로의 모습이었다. 여수시 수정동에 위치한 오동도가 기억의 전부였다.

친구들과 함께 바닷물이 넘실대는 바위를 걸었고, 바위틈으로 처음 보는 바다 생물을 발견하곤 기겁하기도 했다. 손을 대면 바다 생물이 물을 내뿜던 장면은 오래도록 생생했다.

그때의 여수는 내겐 호기심 천국이었다. 그 바다를 함께 걸었던 친구들도 여수를 떠올리면 빠트릴 수 없었다.

성인이 되고 찾아온 여수는 그때와는 색을 달리했다. 노을도 다른 색으로 보였다. 내 마음이 정제되고 잔잔해져서일까.

여수의 노을은 온통 분홍빛으로 물들어, 잔잔한 마음을 출렁이게 했다. 여수의 하늘과 바다도 분홍색 물감으로 칠해진 한 폭의 그림 같았다. 어린 시절 뿌연 여수의 바다는 오래도록 황홀한 빛을 발하며 물들어가고 있었다.

그동안 분홍을 부끄럽게 여긴 나는 여수를 거닌 후에는 분홍 예찬론자가 되었다. 여수는 아직도 분홍일까? 오늘도 분홍이 뜨고 질까?

여행은 삶의 단면을 카메라의 셔터처럼 순간으로 기억하게 만들었다. 부정적인 기운에 휩싸일 때에는 회색빛을 띠다가도 편안한 때에는 알록달록한 컬러로 기억에 남았다. 기운에 따라 달라지는 자연의 모습은 여행에서의 여운과 감동을 선사했다.

여행의 성격도 나이 드는 나처럼 변했다. 쾌락과 호기심만 좇았던 지난날의 여행을 하지 않은 지는 오래되었다.

여유와 비움을 추구하는 요즘의 여행은 삶의 기운을 돋우어 주고 있다. 사람과의 관계 맺기에만 혈안이 될 이유가 없었다. 여행과 자연을 통해 맺어지는 관계에서도 나는 더 단단해졌다.

〈작가의 말〉

　사람과 사람 사이에 관계가 끊어지면 더 이상 우리가 아는 이야기는 없을 것이다. 그는 그대로 나는 나대로, 둘 사이에 일어났던 일들은 변형되거나 찢기기 마련이다.

　함께했던 두 사람이 헤어지면 공유했던 추억과 기억도 이편과 저편으로 나뉘고 조작된다. 한날한시에 함께 있었더라도 그 둘의 기억이 같다고 확신할 수 없다.

　사람들과 관계를 맺으면 처음엔 탄탄하게 이어지기도 한다. 하지만 뒤틀리거나 곪거나 썩어서 끊어지는 게 또한 관계의 양상이기도 하다. 하루에도 이러한 과정은 반복되고 다음날에도 변함은 없다.

가까이 다가가고 싶어 관계의 줄을 당기기라도 하면 끊어지는 바람에 마음이 상해서 관계를 훼손시킨 적도 있었다. 관계선택의 기준이란 게 처음부터 존재하지 않아서 노력만큼 기대하기는 어려웠다.

　　인생의 징검다리를 건널 때마다 관계는 조금씩 변해갔다. 진화했다고 표현하지 못하는 건 내 관계가 푸른 사과처럼 여전히 설익은 정도이기에 그렇다. 여자와 남자의 관계는 결혼이라는 다리를 건넌 이후로 깊고 좁아져서 자칫 사소한 것으로도 치사한 감정이 묻어나곤 했다.

　　여자끼리도 감정의 골은 샛길로 나가거나 꼬불꼬불한 길에 다다를 때가 많았다. 여기저기 퍼져 있는 감정의 골은 나이가 들어 늘어지는 모공의 크기만큼 컸고, 또한 그 개수도 셀 수 없을 만큼 많았다.

　　살아가면서 맺는 관계는 구분 지어져 아쉬운 것도 많았다. 하지만 그것은 삶이 흘러가는 방향대로 가고 있다는 표징이기도 했다. 삶에서의 관계들은 대부분 좁고도 깊어서 문제라도 생기면 크게 부각되거나 확장되곤 했다. 그 안에서 얽히고설킨 관계들은 전보다 강렬한 자극을 건네며 나를 수없이 흔들었다.

　　나는 대부분의 사람들이 나와 비슷한 패턴을 가지고 삶을 산다고 생각했다. 그 때문에 사람들을 일정하게 분리된 부류에 끼워 제멋대로 예측했다. 그렇게 되자 보고 싶은 것만 보고 듣고 싶은 것만 들으려는 태도가 강해졌다. 또한 저마다 자신만의 행동을 고집한다고 생각했다.

인간관계를 맺는 데에 어느 순간 마주할 관계의 양상을 미리 떠올려보는 것도 실수를 줄이는 방법일 것이다. 그건 사람들이 자신만의 본성을 가지고 있기 때문에 그렇다.

다양한 사람들과 관계를 맺는 일이 어찌 한결같을 수 있을까. 관계를 맺는 데에 누구나 어려움과 즐거움을 동시에 느낄 것이다. 똑같은 사람이 존재하지 않으니 관계의 룰을 만들어 똑같이 적용시킬 수도 없을 것이다.

관계는 한마디로 정의내리기 어렵다. 하지만 경험이 많을수록 관계 형성을 둘러싼 대처능력은 나아질 것이다. 많이 만나 관계를 맺을수록 더욱 유연해지고 양보할 줄 알게 된다.

지금의 내 나이에 들어서 겪게 되는 관계의 양상을, 삶을 녹여내서 보여주는 책은 의외로 눈에 띄지 않았다. 그리하여 나는 배운 적 없고 누구 하나 가르쳐준 적 없었지만, 관계의 사건들을 글로써 다양하게 펼쳐보았다.

사람과 사람과의 관계를 통해 우리네 삶의 반경이 넓어지는 것만은 아니라고 생각한다. 서로가 가까이서 얽히고 어우러지면서 관계 역시 촘촘하게 맺어질 것이다. 그럼으로써 우리의 삶이 더욱 고귀하게 빛날 것이라고 나는 믿고 싶다.

기울어진 의자

2020년 10월 28일 **초판 1쇄 발행**

지 은 이 이다루
펴 낸 이 김선민
표　　지 urbook
디 자 인 주아르
펴 낸 곳 STOREHOUSE(스토어하우스)
출판신고 2019년 12월 30일 제307-2019-89호
주　　소 서울특별시 성북구 월곡로 14길 26, 109-1904
전　　화 010-5501-1577
팩　　스 070-7966-1577
이 메 일 ksmsolo@naver.com　　**인스타그램** storehouse_books

출 판 권 © STOREHOUSE, 2020
I S B N 979-11-90912-11-2 04800
　　　　　979-11-90912-10-5 04800(세트)